빌 게이츠

KB194796

움직이는 서재
과거와 현재와
미래를 연결시키는
지식 창고

책과 함께 있다면 그곳이 어디든 서재입니다.
집에서든, 지하철에서든, 카페에서든 좋은 책 한 권이 있다면 독자는 자신만의 서재를
꾸려서 지식의 탐험을 떠날 수 있습니다. 좋은 책에는 시대와 세대를 초월해 지식과 감
동을 전달하고 서로 소통하게 하는 힘이 있습니다. 움직이는서재는 공간과 시간의 벽을
넘어 독서 탐험의 동반자가 되겠습니다.

Translated from the English Language edition of Bill Gates: A Biography, by Michael B. Becraft,
originally published by Greenwood, an imprint of ABC-CLIO, LLC, Santa Barbara, CA, USA. Copyright
© 2014 by ABC-CLIO LLC. Translated into and published in the Korean language by arrangement
with ABC-CLIO, LLC. All rights reserved.

No part of this book may be reproduced or transmitted in any form or by any means electronic or
mechanical including photocopying, reprinting, or on any information storage or retrieval system,
without permission in writing from ABC-CLIO, LLC.

Korean Translation Copyright © 2025 by Bookstory
Published by arrangement with ABC-CLIO, LLC,
through BC Agency, Seoul.

이 책의 한국어판 저작권은 BC 에이전시를 통한 저작권자와의 독점 계약으로 북스토리에 있습니다.
신 저작권법에 의해 한국 내에서 보호를 받는 저작물이므로 무단전재와 무단복제를 금합니다.

일러두기
– 본문의 각주는 모두 옮긴이 주입니다.
– 본서는 2014년까지 게이츠의 활동을 다루고 있으며 2014년 빌 게이츠의 활동은 옮긴이가 구성하였습니다.

롤모델
시리즈

빌 게이츠

마이클 B. 비크래프트 지음

김재중, 백윤정 옮김

움직이는
서재

장점과 단점을
모두 지닌
컴퓨터 혁명의 선구자

빌 게이츠는 가정용 컴퓨터가 없던 시절 스타트업에서 시작해 사실상 유비쿼터스 컴퓨팅ubiquitous computing●에 가까운 시대까지 마이크로소프트를 이끌며 30년도 채 되지 않는 시간 안에 세계 최고의 부자가 되었고, 그렇게 모은 재산을 전 세계의 공익을 증진하는 데 사용하고 있다.

개인용 컴퓨팅을 향한 변화의 최전선에서 게이츠는 하버드 대학교를 중퇴하고 마이크로소프트의 공동 창립자가 되었다. 마이크로소프트에서 근무한 30년 동안 게이츠는 임원, 기술 선구자technology visionary, 회사를

● 언제 어디서나 무슨 기기를 통해서도 컴퓨팅이 이루어질 수 있음.

대표하는 얼굴로 재직하면서 세계에서 가장 부유한 사람이 되었다. 게이츠는 현재 세계 최대 자선 재단인 '빌 앤드 멀린다 게이츠 재단'을 이끌고 있다. 개인이 평생에 걸쳐 모은 부를 활용하여 자선 활동에 집중한다는 점에서 앤드루 카네기나 코르넬리우스 밴더빌트와 비슷하다.

이 책은 마이크로소프트나 빌 앤드 멀린다 게이츠 재단의 역사가 아니라 게이츠에 대한 간략한 전기다. 게이츠의 이야기는 이 두 조직과 불가분의 관계에 있으며, 앞으로도 계속 게이츠에 의해 만들어질 것이다. 게이츠의 이야기는 매우 복잡하지만 이 책은 여섯 가지 목표를 가지고 쓰였다.

첫째, 게이츠가 젊은 기업가에서 컴퓨터 프로그래머, 억만장자, 자선 사업가로 진화하는 과정을 설명하는 것이다.

둘째, 이 책은 게이츠의 성공이 기술의 잠재력에 대한 깊은 이해를 바탕으로 이루어졌음을 보여 준다.

셋째, 이 책은 게이츠가 마이크로소프트를 창립하고 일상적인 경영에서 손을 뗄 때까지 마이크로소프트 내부의 진화 단계를 포착하려고 시도했으며, 이를 통해 컴퓨터가 일부 대기업의 소유물에서 거의 유비쿼터스적인 물건으로 변화하는 과정을 이해하는 데 도움을 준다.

넷째, 이 책은 성공과 실패, 칭찬과 비판을 모두 인정하는 접근 방식을 취한다. 실제로 게이츠는 많은 사람들이 전통적인 성공의 척도로 인식하는 가족, 직장, 성취, 시민 참여 등의 조건을 갖추고 있음에도 불구하고 40년 동안 다양한 비판에 직면해 왔다.

다섯째, 이 책은 게이츠가 자신의 막대한 재산을 전 세계 빈곤층의 건강과 교육을 개선하는 데 사용하려는 동기를 다룬다.

마지막으로, 이 책은 게이츠가 글로벌 조직에서 일하면서 동원한 사업적 개념들을 평이한 언어로 독자에게 전달하려고 노력한다.

이 과정에서 우리는 게이츠가 장점과 단점을 모두 지닌 예외적인 인물이었다는 사실을 발견하게 된다. 그는 운이 좋게도 어린 나이에 컴퓨터를 경험했고, 업계가 나아갈 방향을 이해할 수 있는 시기에 태어났다. 마이크로소프트를 공동 창업할 당시 그의 나이는 열아홉이었다. 그는 위험을 감수해야 할 때를 알았고 시장의 다양한 트렌드를 파악했지만, 여러 가지 트렌드를 놓치기도 했다.

또한 그는 경쟁력이 있었지만, 경쟁에서 실패할 수 있다는 두려움 때문에 성공을 확신하지 못했다. 게이츠는 마이크로소프트를 설립한 첫해에 소프트웨어 회사가 확고한 지적 재산권과 저작권을 보유해야 한다고 생각했지만, 다른 사람들이 가장 가치 있는 통찰력을 제공했을 때 그것을 인정했다. 그는 개발 중인 제품이 경쟁사에 의해 쉽게 추월당할 수 있고, 경쟁사가 없을 때까지 기다리다 보면 마이크로소프트에서 은퇴할 수 없을 것이며, 자신이 모은 재산으로 다른 사람들의 삶을 개선하는 일을 하는 것이 마이크로소프트의 CEO가 된 것만큼이나 보람찰 수 있다고 굳게 믿었다.

차례

PART 4
마이크로소프트 재판

PART 1

자동화된
컴퓨팅 이전의
게이츠

게이츠의
유년 시절

— BILL GATES —

유복한 가정의
게이츠 3세

사실 나는 여러모로 운이 좋았다. 운 좋게 특수한 기술을 가지고 태어났다. 부모님이 무슨 일을 하시는지 내게 알려 주고, 내가 원하는 책을 마음껏 살 수 있는 환경을 조성해 주신 것도 운이 좋았다. 시기적으로도 운이 좋았다. 마이크로프로세서의 발명은 엄청난 일이었다. 한 인생에 이렇게 많은 행운이 찾아오는 건 흔치 않은 일이라고 생각한다. 하지만 이것이 내가 해낸 일들의 주요 요인이었다.

1955년 10월 28일 현재 빌 게이츠로 널리 알려진 윌리엄 헨리 게이츠 3세가 유복한 가정에서 태어났을 때, 그가 부모 중 한 명이 밟은 길을 뒤따를 것이라는 기대가 많았다. 아버지 윌리엄 헨리 게이츠 2세[1925~2020]와 어머니 메리 맥스웰 게이츠[1929~1994]는 모두 정규 고등교육을 받은 전문직 종사자였다. 아버지는 성공한 변호사였는데, 덕분에 어머니는 학교 교사로 일하다가 시민 단체와 자선 단체 활동으로 옮겨 갈 수 있었다.

아버지가 전하길 게이츠의 외할머니와 증조할머니는 어린 게이츠에게 별명이 필요하다고 일찌감치 생각했다. 아버지와 아들 모두 '빌'로 불릴 것이라는 우려가 나왔는데, 이렇게 되면 너무 헷갈릴 수 있기 때문이었다. 결국 어린 아들에게 '셋' 또는 '세 번째'라는 뜻의 '트레이[trey]'라는 애칭이 지어졌고, 아버지는 아들이 성인으로 자란 뒤로도 여전히 이 애칭을 사용했다. 훗날 아들은 트레이 대신 '빌 게이츠'로 전 세계에 널리 알려지게 되었고, 아버지는 1998년 법률 회사 프레스턴 게이츠 앤드 엘리스[Preston Gates & Ellis]에서 은퇴하면서 '빌 게이츠 시니어'라는 이름을 사용하였다.

원래 교사였던 게이츠의 어머니는 남편의 법률 회사가 성공을 거둔 이후로 시민 참여 활동에 깊숙이 관여했다. 그녀는 킹 카운티 유나이티드 웨이와 기타 여러 비영리 단체 및 기업 이사회에서 활동하며 다양한 업적을 남겼다. 그녀는 유나이티드 웨이 인터내셔널에서 활동하는 동안

IBM 회장과 소통한 것으로 알려져 있는데, 이를 통해 당시 규모가 매우 작았던 게이츠의 소프트웨어 회사를 지원했을 가능성이 있다. 게이츠가 자주 언급하듯이, 운은 수십 년 동안 여러 번 작용했다.

그의 아버지가 쓴 책에는 빌과 두 딸을 키우며 알게 된 것들을 자세히 묘사한 부분이 있다. 어린 게이츠는 세 자녀 중 둘째였다. 게이츠의 아버지는 아들이 보통 방에서 책을 읽거나 사색에 잠겨 있었기 때문에 가장 늦게 차에 타거나 행사 준비에도 늦는 경우가 많았다고 말했다. 그는 게이츠가 거의 쉬지 않고 책을 읽은 것으로 묘사하면서, 아들의 경쟁심은 학교에서 여름에 열린 대회에서 영향을 받은 것 같다고 언급했다.

"트레이가 쉬지 않고 책을 읽었던 이유 중 하나는 매년 여름마다 선생님들이 학생들에게 독서 목록을 주고 누가 책을 가장 많이 읽는지 경쟁하는 대회가 열렸기 때문이다. 트레이는 경쟁심이 강해서 항상 이기고 싶어 했고, 실제로 자주 우승을 차지했다."

어린 게이츠에게 독서는 아버지가 훗날 언급했던 또 다른 능력, 즉 방대한 양을 읽으면서도 독서에서 얻은 거의 모든 정보를 기억할 수 있는 능력으로 연결됐다. 그는 게이츠가 "읽은 모든 것을 기억했고, 때로는 배운 것을 다른 사람과 공유하고 싶어 하는 것 같았다"라면서 아들이 항상 지적 호기심으로 가득했다고 적었다. 아버지로부터 받은 최고의 조언을 들려 달라는 질문을 받았을 때, 빌은 다음과 같이 말했다.

"어렸을 때 아버지와 어머니는 내가 잘하지도 못하는 수영, 미식축구, 축구 등 다양한 스포츠를 해 보라고 격려했는데 이유를 몰랐다. 당시에는 무의미한 일이라고 생각했지만 결국 리더십을 기를 계기를 접했고, 내가 못하는 게 여럿 있다는 걸 깨달음으로써 익숙한 것들에 더욱 집중할 수 있게 되었다."

골칫거리가 된 어린 아들

게이츠 가족은 그가 열한 살이 될 무렵 아주 힘든 도전에 직면하게 되었다. 게이츠 시니어는 한 인터뷰에서 "열한 살 무렵 어린 아들이 성인이 되어 가는 과정에서 가족의 골칫거리가 되었다"고 말했다. 게이츠는 '거의 하룻밤 사이에 어른의 지적 능력을 획득한 것처럼 보이는 소년'이었고, 부모님 특히 어머니에게 매일 도전했다고 한다.

"뭐 하고 있니?"

"생각하고 있어요." 그가 소리쳤다.

"생각하고 있다고?"

"네, 생각하고 있어요." 그는 사납게 말했다.

"엄마는 생각이란 걸 해 본 적 있어요?"

다른 날, 어린 게이츠는 저녁 식사 자리에서 어머니와 험상궂은 논쟁을 벌이고 있었다. 아버지는 화가 나서 물컵의 물을 아들의 얼굴에 뿌렸는데, 게이츠는 "샤워시켜 주셔서 감사합니다"라고 응수했다.

얼마 뒤 게이츠는 열두 살이 됐고 치료사와의 상담이 이뤄졌다. 부모는 어린 게이츠가 머지않아 독립을 요구할 것이기 때문에 아들에게 더 많은 여유를 주라는 조언을 들었다. 지금도 그의 아버지는 이렇게 말한다.

"아들은 몇 가지에 대해 생각이 아주 확고합니다. 우리 가족은 그런 것들에 관해선 아들의 의견을 거스르지 않습니다. 그래 봐야 시간 낭비이기 때문이죠."

자선 활동의 씨앗

게이츠는 가족 구성원으로 자라면서 접한 경험에 대해 자주 이야기했다. 예를 들어, 그는 자신의 부모가 활발하게 참여한 자원봉사가 훗날 그가 자선 활동에 기울인 노력의 틀을 마련해 줬을 뿐만 아니라, 다양한 활동을 접하면서 어릴 때부터 조직 내의 선진적인 개념과 의사 결정 방식을 접할 수 있도록 토론을 벌였다고 설명했다.

"우리는 부모님으로부터 유나이티드 웨이든, 봉사 활동이든, 비즈니스 세계든 그들이 무엇을 하려고 하는지 배웠다. 부모님이 자신들의 생각을 공유했기 때문에 나는 어른들과 편안한 방식으로 대화할 수 있도록 준비가 되어 있다고 느꼈다."

"내가 어렸을 때 부모님은 다양한 봉사 활동에 참여하셨다. 저녁 식탁에서 부모님은 자신들이 하는 일들을 아주 잘 이야기해 주셨다. 마치 우리를 어른처럼 대하며 이야기를 해 주셨다. 어머니는 유나이티드 웨이 그룹에 속해 계셨는데, 기금 배분을 결정하고 여러 자선 단체를 살펴보면서 기금이 어디에 쓰일지 매우 어려운 결정을 내리는 역할을 하셨다."

게이츠의 시민 참여는 수십 년 뒤 시작되지만 그의 인생에서 가장 중요한 부분이 되었다.

소프트웨어에
푹 빠지다

— BILL GATES —

처음 경험한 프로그래밍

컴퓨터를 배우기 시작한 초창기인 1960년대 후반에는 컴퓨터를 보유한 조직이 거의 없었고, 컴퓨터를 실제로 사용할 수 있는 기술적 능력을 갖춘 조직은 더더욱 드물었다. 게이츠는 우연히 그가 다니던 고등학교의 컴퓨팅 문제를 해결하는 그룹에 참여하게 되었는데, 프로그래밍 전문 지식이 필수 조건이었다. 이 경험을 통해 게이츠는 처음으로 중요한 협력 파트너를 만났다.

1968년부터 1983년까지 게이츠와 협력한 탁월한 파트너 중 첫 번째는 폴 앨런Paul Allen이었다. 그와 앨런은 당시로선 매우 드물었던 여러 가지 자원에 접근할 수 있었다. 예를 들어, 게이츠는 불과 몇 년 전에 발명된 컴퓨터를 사용할 수 있었는데, 당시 학교 교사들은 컴퓨터 프로그래밍에 능숙하지 못했다. 하지만 이 학교는 학생들이 컴퓨터를 주도적으로 사용할 수 있도록 허용했다.

게이츠가 처음으로 프로그래밍을 경험한 것은 1968년 시애틀의 레이크사이드 학교 어머니회가 학교에 시간 공유 시스템을 도입했을 때였다. 그해 여름, 열두 살의 게이츠는 두 살 위인 친구 앨런과 함께 학교를 위한 학사 일정 시스템을 만들어 4,200달러를 벌었다.

학교용 학사 일정 소프트웨어를 개발한 게이츠는 배치될 반을 손쉽게 정할 수 있었다. 그는 앨런과 함께 만든 소프트웨어를 수정해 자신을 여학생만 있는 반에 배치할 수도 있었는데, 이는 고등학생에게 분명한 성공의 징표로 여겨졌다. 그는 훗날 "성공을 분명하게 보여 줄 수 있는 기계에서 내 자신을 떼어 놓기가 어려웠다. 완전히 꽂혔다"라고 말했다.

그는 팀에서 막내였지만 프로젝트에 참여하는 전제 조건으로 자신이 주도권을 잡아야 한다는 사실을 처음부터 분명히 했다.

"내가 들어오길 원한다면 나에게 주도권을 넘겨야 할 거야. 하지만 그렇게 하는 건 위험할 수 있다는 걸 명심해. 왜냐하면 나는 이후로도 계속 리더가 되고 싶을 테니까."

수십 년 동안 게이츠에게 쏟아진 비판 중 하나는 그가 일상적인 업무 환경에서 최종 결정권을 전적으로 독점한다는 것이었다. 이러한 특성은 열두 살 무렵의 게이츠에게서도 나타났는데, 이는 때로는 장점으로 때로는 큰 단점으로 작용했다.

지금도 그러하지만 1960년대에도 컴퓨터 프로그래머로서 성공하려면 과학, 수학, 논리학에 뛰어난 실력을 갖춰야 한다. 게이츠는 과학과 수학 선생님이 자신의 성공에 큰 영향을 미쳤다고 말했다.

또한 게이츠는 학창 시절 폭넓은 독서를 했고, 개인용 컴퓨터라는 개념이 존재하기 전부터 컴퓨터 프로그래밍의 고급 기술을 배웠으며, 고등학교와 다른 곳에 있는 컴퓨터에서 누릴 수 있는 기회를 적극 활용했다. 게이츠는 1973년에 시작한 대학 학위를 끝마치지는 못했지만, 엘리트 사립 학교와 독서, 왕성한 호기심 덕분에 탄탄한 교육적 배경을 갖추게 되었다.

게이츠는 레이크사이드 학교에 있는 컴퓨터 외에 다른 컴퓨터도 이용할 수 있었다. 당시 대부분의 컴퓨터는 시간 공유를 기반으로 했는데, 컴퓨터를 사용할 시간을 벌어야 했던 게이츠와 앨런은 다른 사람이 작성한 소프트웨어의 문제점을 찾아내 컴퓨터 사용 시간을 더 많이 확보할 수 있다는 사실을 금세 알아차렸다. 게이츠와 앨런은 둘 다 프로그래밍을 할 줄 알았지만, 앨런이 당시의 하드웨어에 대해 훨씬 더 많이 알고 있었다.

게이츠는 훗날 워싱턴 대학교에서 사용했던 컴퓨터를 회상하면서 워싱턴 대학교가 어떻게 컴퓨터 센터 코퍼레이션^{CCC}에 위치한 컴퓨터에 자유롭게 액세스할 수 있었는지 알아냈고, 이것이 그와 앨런이 나중에 소프트웨어를 개발하는 데 얼마나 중요한 역할을 했는지를 설명했다.

워싱턴 대학교의 여러 컴퓨터를 사용하면서 게이츠와 앨런은 다양한 언어와 운영 체제로 문제를 해결하는 방법을 배울 수 있었고, 레이크사이드 학교 밖에서 첫 사업을 시작하게 되었다.

트래프-오-데이터와 첫 직장

게이츠, 앨런 그리고 친구인 폴 길버트^{Paul Gilbert}는 인텔 8008 칩이 출시되자 '트래프-오-데이터^{Traf-O-Data}'라는 프로젝트에 착수했다. 1972년에 이미 정부는 도로의 주요 지점에 고무호스를 설치하여 교통량을 측정하고 있었는데, 이 호스는 길가에 있는 상자에 연결되어 있었다. 이 프로세스는 오늘날에도 계속되고 있지만 데이터를 평가하는 방법은 크게 바뀌었다. 1970년대의 고속도로 교통량 측정은 차량이 지나갈 때마다 도로 옆에 설치한 상자 안에 있는 종이테이프에 구멍이 뚫리도록 한 다음 그 종이테이프를 풀면서 수작업으로 계산하는 방식이었다.

앨런은 컴퓨터 하드웨어에 대해 게이츠보다 더 많이 알고 있었지만 종이테이프의 데이터를 처리할 컴퓨터를 만드는 방법은 몰랐다. 그래서 길버트가 세 번째 파트너가 되었다. 그들은 8008 프로세서와 소프트웨어를 사용하여 모든 교통 테이프를 처리할 컴퓨터를 만들 작정이었다. 그리고 시간과 비용을 절약할 수 있는 이 기기를 모든 주와 지방 정부에 판매할 계획이었다.

앨런은 에뮬레이션emulation이라는 컴퓨터 과학의 새로운 개념을 접하게 되었는데, 길버트가 아직 트래프-오-데이터 컴퓨터를 만들지 않았음에도 불구하고 그는 PDP-10이 마치 8008 프로세서에서 실행되는 것처럼 작동하도록 해 주는 프로그램을 작성했다. 사실상 앨런은 팀이 아직 만들지 않은 컴퓨터용 소프트웨어를 작성하는 데 필요한 컴퓨터에 접근할 수 있는 방법을 사용했던 것이다. 이러한 에뮬레이션 기술은 3년 뒤 마이크로소프트Microsoft가 창업될 때 게이츠와 앨런에게 또 다른 큰 돌파구를 마련해 주었다.

앨런이 소프트웨어를 작성한 후 길버트는 새로운 프로세서를 장착한 소형 컴퓨터 제작을 완료했다. 이 시스템은 이전에 수작업으로 처리하던 종이테이프를 처리할 수 있었고, 세 사람은 첫 판매를 시도할 준비가 되었다. 게이츠의 아버지는 "식탁에서 여러 차례 성공적으로 연습한 후 아들은 시애틀 시의 직원 몇 명을 설득해 시연을 보러 오도록 집으로 초대했다"라고 말했다. 하지만 시연 당일 테이프 판독기가 작동하지 않았고, 게이츠는 크게 낙담했다.

이들은 트래프-오-데이터에 관한 작업을 계속했지만, 이 프로젝트는 오롯이 길버트에게 맡겨졌고 1975년 제대로 작동하는 기기가 단 한 대 판매되었다. 앨런은 훗날 트래프-오-데이터 개발이 다음에 추진한 소프트웨어를 만드는 데 얼마나 중요한 역할을 했는지 다음과 같이 회상했다.

"트래프-오-데이터가 큰 성공을 거두지는 못했지만, 몇 년 후 마이크로소프트의 첫 제품을 만들 준비를 하는 데 중요한 역할을 했다. DEC 컴퓨터를 사용하여 마이크로프로세서의 작동 방식을 시뮬레이션하는 방법을 스스로 배웠기 때문에 기계를 만들기 전부터 소프트웨어를 개발할 수 있었다."

고등학교 졸업이 가까워질 무렵 게이츠는 올림피아^{Olympia}에 있는 워싱턴주 의회에서 인턴으로 일했고, 이후에는 워싱턴 DC에 있는 연방 의회에서도 인턴으로 근무했다.

하지만 게이츠는 여전히 부모님에게 골칫거리였고, 고등학교 시절 자신의 아버지가 그에게 놀라울 만큼 많은 자유를 허용했다는 사실을 인정했다. 부모님은 그가 까다로운 아이라는 것을 알면서도 고등학교를 휴학하고 일을 할 수 있도록 허락했다.

"취업 제안을 받았는데 이 제안을 수락하면 학교를 쉬어야 했다. 아버지가 교장 선생님을 만나 모든 자료를 받아 보신 다음 '그래, 네가 가서 할 수 있는 일이다'라고 말씀해 주셔서 놀랐다."

고등학교 마지막 해에 게이츠는 부모님으로부터 대학에 입학하기 전에 컴퓨터 프로그래밍 분야에서 풀타임으로 일할 수 있도록 허락을 받았다. 그는 TRW에서 프로그래머로 일했는데, 그의 인생에서 공식적으로 상사나 상관이 있었던 유일한 때였다.

게이츠는 컴퓨터에서 하는 모든 작업을 사용자가 직접 프로그래밍해야 했던 고등학교 시절이 프로그래밍에 중독된 시기였다고 말한다. 레이크사이드 학교를 졸업하고 하버드로 진학한 그는 자신이 이미 소프트웨어에 푹 빠졌다고 느꼈다. 많은 사람이 대학에 진학해 전공을 바꾸지만, 법학을 전공하던 사람이 소프트웨어 전문가가 된다는 것은 쉽지 않았다. 결과적으로 그는 1973년부터 1975년까지 하버드에서 제공하는 고급 수학 및 컴퓨팅 수업을 빠르게 이수한 학생이 되었다.

게이츠의 지적 호기심은 긍정적인 측면과 부정적인 측면을 동시에 가지고 있었는데, 그는 수강 신청을 하지 않은 수업에 들어가는 대신 등록한 수업은 빠졌다고 설명한 적이 있다. 그가 하버드에서 올바른 수업을 들었든 아니든, 그는 자신이 찾던 지적 도전을 발견했다.

기업가와 사업가들은 아이디어와 기술을 공유하는 경우가 많기 때문에 같은 산업에 종사하거나 같은 기술을 필요로 하는 기업이 같은 지역에 몰리는 경우가 많다. 캘리포니아주의 실리콘 밸리Silicon Valley는 오늘날 컴퓨터 관련 기업이 본사를 두고 있는 대표적인 예다. 네트워크는 1973년에도 그랬고 오늘날에도 매우 중요하다. 게이츠가 가장 친한 친구가 된 스티브 발머Steve Ballmer를 만난 것도 하버드에서였다.

게이츠는 "스티브는 저와는 반대였다"라고 회상했다. "나는 수업에 잘 빠졌고 캠퍼스 활동에도 참여하지 않았는데, 스티브는 모든 일에 관여했고 모든 사람을 알고 있었다."

적절한 시기에 태어나다

게이츠는 컴퓨팅 혁명의 지도자가 되기 위한 최적의 시기에 태어났을까? 말콤 글래드웰Malcolm Gladwell은 그렇다고 말한다. 게이츠와 앨런은 대기업만이 가질 수 있는 엄청난 양의 컴퓨터 전문 지식을 습득했고, 프로그램을 작성하는 방법을 알고 있었으며, 컴퓨터 사용권을 대가로 다른 회사의 문제를 해결해 주기도 했다. 게다가 앨런은 심지어 본 적도 없는 컴퓨터를 위한 소프트웨어를 작성하는 에뮬레이션 방법도 알아냈다.

1974년 12월 말에 알테어ᴬˡᵗᵃⁱʳ 8800에 대한 기사가 실렸을 당시, 마이크로소프트와 애플에서 컴퓨팅 분야에 두각을 나타낸 인물들은 모두 18세에서 21세 사이였다. 게이츠와 스티브 잡스ˢᵗᵉᵛᵉ ᴶᵒᵇˢ는 19세, 앨런은 21세, 게이츠의 하버드대 절친이자 언젠가 마이크로소프트의 후계자가 될 발머는 18세였다.

게이츠는 자신이 인생에서 기대할 수 있는 것보다 더 많은 '행운'을 누렸다는 사실을 순순히 인정한다. 글래드웰은 "세상은 1968년에 열세 살짜리 청소년 한 명에게만 시간 공유 단말기에 대한 무제한 접속을 허용했다. 만약 백만 명의 청소년에게 같은 기회가 주어졌다면 오늘날 우리 앞에 마이크로소프트가 몇 개나 더 있었을까?"라고 말했다.

마이크로소프트에서 게이츠의 함께 일한 네이선 미어볼드ᴺᵃᵗʰᵃⁿ ᴹʸʰʳᵛᵒˡᵈ는 알테어 베이식의 개발 계기를 이렇게 설명했다.

"만약 당신이 1975년에 나이가 많았다면 대학을 졸업하고 이미 IBM에 취직했을 것이고, 일단 사람들이 IBM에서 일하기 시작하면 새로운 세상으로 전환하는 데 정말 많은 어려움을 겪었을 것이다. 이 수십억 달러짜리 회사는 메인 프레임을 만들고 있었고, 당신이 거기에 속해 있었다면 '왜 이런 (알테어 같은) 한심한 컴퓨터를 가지고 빈둥거리지?'라고 생각했을 것이다."

초기에 '애호가들hobbyists'이라고 불리는 소규모 사용자 그룹이 가정용 컴퓨터로 사용할 수 있었던 저렴한 8088 칩과 함께 MITS 알테어가 출시되었을 때 게이츠와 앨런은 선택을 해야 했다. 당시 알테어 8800은 16개의 LED 조명으로 결과를 표시하도록 설계되었으며, 데이터를 입력할 수 있는 16개의 스위치가 있었다. 알테어는 1974/1975년에 운영 체제나 프로그래밍 언어가 없었음에도 컴퓨터로 인정받았다. 사용자는 외부 터미널을 구매하거나 직접 제작하여 이 제품에 대한 초보적인 모니터를 사용하거나 전화기를 사용하여 더 강력한 시간 공유 컴퓨터에 직접 연결할 수도 있었다.

1975년에 개인이 알테어 8800 미니 컴퓨터를 구매했다면, 가장 먼저 컴퓨터의 부품을 조립해야 했을 것이다. 모니터나 키보드, 마우스 같은 건 없었고, 케이스 안에 보드와 커넥터, 스위치를 조립해야 했다. 다음 단계는 컴퓨터를 테스트하거나 당시 언어로 프로그램을 작성하는 것이었다. 컴퓨터 프로그램 전체를 0이나 1로만 입력해야 했기 때문에 사용자 친화적인 과정이 아니었다.

실제로 알테어의 용도로 제안된 것 중 하나는 프로그래밍 전문 지식이 없어도 지금은 몇 달러에 불과한 과학용 계산기를 직접 제작하는 것이었다. 1975년 당시 과학 전용 계산기는 아주 비쌌다. 게이츠, 앨런 그리고 게이츠의 신생 회사에서 기꺼이 일하고자 했던 마이크로소프트의 초기 직원들을 포함하여 이 시스템의 잠재력을 알아본 사람들은 여러 명 있었다. 잡스도 이 시스템과 칩에 관심을 가졌는데, 그는 스티브 워즈니악Steve Wozniak과 함께 다른 하드웨어를 사용하여 애플Apple을 창업했다.

그렇다면 초기 컴퓨팅에서 알테어가 왜 그렇게 중요했을까? 1975년 1월, 최저 임금이 시간당 2.10달러로 인상되었다. 알테어 8800 같은 기초적인 미니 컴퓨터는 397달러로 개인이 구매하기에는 상당히 비쌌다. 하지만 이것은 컴퓨팅에 대한 경제성이 크게 도약하는 계기가 되었고, 개인은 처음으로 집에서 자신의 컴퓨터를 가질 수 있게 되었다. PDP-10은 냉장고 크기에 거의 2만 달러에 달했고, 게이츠와 앨런이 사용했던 초기 텔레타이프라이터는 시간당 40달러의 사용료를 내야 했다. 이에 비해 알테어는 매우 저렴했다.

알테어 작업을 위해 하버드를 그만두다

게이츠가 하버드를 그만두고 MITS에서 일했다는 것은 널리 알려진 사실이지만, 그가 하버드를 그만둔 건 앨런이 알테어 베이식이 작동한다는 것을 입증하고 MITS와 계약을 맺은 이후였다. 게이츠는 앨런과 함께 설립한 회사를 1년 정도 늦게 출범시켜도 됐다는 사실을 뒤늦게 깨달았다. 하지만 당시엔 알테어가 제공하는 기회를 놓칠지도 모른다는 두려

ALLEN

1987년 2월에 열린 PC 포럼에서 폴 앨런과 마주 보고 웃는 빌 게이츠.

움이 있었다고 말했다.

"앨런과 나는 다른 누군가가 우리보다 먼저 도착할까 두려웠다. 사실 일이 조금 더디게 시작되었기 때문에 1년 정도 더 기다려도 괜찮았지만 우리는 선두에 있는 게 중요하다고 생각했다."

그렇다면 게이츠와 앨런은 왜 빠르게 움직일 필요가 있다고 느꼈을 까? MITS의 창립자는 많은 사람들로부터 알테어의 제한된 메모리에서 작동할 수 있을 만큼 작은 베이식BASIC 프로그래밍 언어 버전을 개발해야 한다는 이야기를 듣고 있었다. 게이츠가 평생 상용한 대부분의 아이템이 그랬듯이 베이식 프로그래밍 언어의 개념도 이미 존재하고 있었기 때문에 누군가가 알테어의 제한된 공간에서 작동하는 방법을 알아내고, 이를 가장 먼저 구현하기만 하면 되는 상황이었다.

MITS의 에드 로버츠는 베이식이 "거의 준비됐다"는 전화를 하루에 열 통씩 받고 있었는데, 그의 대답은 "작동하는 베이식을 가장 먼저 가지고 오는 사람이 계약을 따낸다"는 것이었다.

게이츠와 앨런은 알테어를 본 적도 없었고, 알테어의 핵심인 인텔 8080 마이크로프로세서도 본 적이 없었다. 하지만 몇 년 전 앨런은 메인 프레임 컴퓨터에서 이전 인텔 마이크로프로세서의 작동을 에뮬레이트하는 프로그램을 작성한 적이 있었고, 이번에도 똑같은 작업을 수행했다. 앨런은 인텔 8080 매뉴얼을 옆에 두고 하버드 PDP-10 컴퓨터 앞에 앉아 프로그래밍에 필요한 에뮬레이터와 소프트웨어 도구를 작성했다. 그동안 게이츠는 수업을 중단하고 베이식 설계에 전념하면서 크기를 4킬로바이트 이하로 줄이기 위해 자신이 알고 있는 모든 기술을 동원했다.

이런 급박한 상황에서 게이츠와 앨런은 해당 컴퓨터 모델이나 프로세서를 테스트할 능력도 없이 한 번도 본 적 없는 컴퓨터와 프로세서를 위한 프로그래밍 언어 개발을 서두르고 있었다. 이는 큰 모험이었지만 두 젊은 개발자의 생각에는 꼭 필요한 일이었다. 다른 사람들도 알테어 베이식 작업을 활발히 진행 중인 상황에서 그들의 프로젝트가 먼저 완성되지 않는다면 기회는 사라질 것이었기 때문이다.

게이츠가 사용할 수 있는 글자의 제한된 양은 약 50줄 분량의 에세이를 타이핑하는 수준이다. 이것은 (오늘날의 윈도우처럼) 운영 체제 기능을 제공하는 프로그래밍 언어를 작성하는 게이츠에게 주어진 공간의 크기였다.

"최고의 소프트웨어는 그 프로그램이 정확히 어떻게 작동하는지 완전하게 파악되는 소프트웨어이다. 그것을 만들려면 프로그램을 정말 사랑하고 믿을 수 없을 정도로 단순하게 유지하는 데 집중해야 한다."

게이츠가 《미래로 가는 길The Road Ahead》 2판에서 직접 언급했듯이, 그는 마이크로컴퓨터를 적당한 칩과 함께 합리적인 가격에 구입할 수 있지만 소프트웨어가 없는 상황이 주는 기회는 오래가지 않을 것이라고 생각했다. 게이츠와 앨런은 사용할 수 있는 프로그래밍 언어가 없는 그 당시 미래의 가능성을 보았지만 이 상태가 지속될 것이라고 기대할 순 없었다. 심지어 게이츠는 그때 자신과 앨런이 조급한 마음에 약간 공황 상태에 빠졌다고 말했을 정도였다.

"알테어는 인텔 8080 마이크로프로세서 칩을 두뇌로 탑재하고 있었다. 그걸 보자마자 공황 상태에 빠졌다. '안 돼! 우리 없이 이런 일이 벌어지고 있잖아! 사람들이 이 칩을 위한 소프트웨어를 개발할 거야!' 미래가 잡지 표지에서 우리를 응시하고 있었다. 미래는 우리를 기다리지 않을 태세였다. PC 혁명의 첫 번째 단계에 참여하는 것은 일생일대의 기회로 보였고, 우리는 그 기회를 잡기로 했다."

실제로 게이츠와 앨런, 두 사람은 그 기회를 잡아야 했고, 앨런의 역할에 대한 설명은 《미래로 가는 길》 초판에서 빠졌다가 두 번째 판에서 반영되면서 수정되었다. 다른 사람들은 알테어 개발에 관한 게이츠의 조급증이 두려움 이상었다고 말했다. 《마이크로소프트 재창조Microsoft Rebooted》에서 게이츠는 다른 사람이 알테어용 베이식 버전을 주도적으로 개발할까 봐 편집증에 걸린 것처럼 묘사되었다.

"알테어는 소프트웨어가 없어 프로그래밍을 할 수 없었고 이로 인해 실용적인 가치를 제대로 발휘하지 못했다. 더 복잡한 작업을 수행하려면 알테어에 사용자 친화적인 프로그래밍 언어가 필요했다. 미니 컴퓨터 회사가 개인용 컴퓨터에서 실행할 수 있는 고급 언어를 작성하는 것은 불가능하다고 했지만, 게이츠와 앨런은 그런 언어를 만드는 것을 시도하기로 했다."

앨런이 알테어 베이식 시연과 소프트웨어 구동에 성공하자 두 사람은 선택의 기로에 놓였다. 게이츠는 알테어 베이식을 출시하고 회사가 성장하려면 하버드를 당장 그만둬야 한다는 사실을 깨달았다.

"우리는 사건들이 벌어지기 시작했다는 것을 깨달았다. 그리고 이 칩이 어디로 갈 수 있는지, 그리고 그것이 무엇을 의미하는지에 대해 우리가 오랫동안 비전을 가지고 있었다고 해서 내가 하버드에서 학위를 마칠 때까지 산업계가 우리를 기다려 주지 않으리라는 것도 알았다."

앨런은 보스턴의 게이츠가 사는 곳 근처에 살고 있었지만 하버드대 학생은 아니었다. 그는 대학교 2학년을 다니다 중퇴하고 하니웰Honeywell에서 프로그래머로 일했는데, 게이츠보다 두 살 많은 나이에 사회에 진출한 상태였다. 당시의 기준으로 보면 앨런은 거대 기업에 취업한 셈이었다.

"워싱턴주에서 방황하던 나는 승부를 걸 준비가 돼 있었다. 보스턴 지역의 컴퓨터 회사 열두 곳에 이력서를 보냈고, 하니웰에서 연봉 1만 2500달러를 제안받았다."

알테어 베이식을 지원하려면 MITS에서 가까운 곳으로 이사를 해야 했다. 게이츠는 매우 어렵지만 과감한 선택을 하기로 했다. 1975년, 열아홉 살의 나이에 하버드를 떠나 마이크로소프트를 공동 창업한 그는 이 듬해 학교를 완전히 그만두었다. 이 선택 덕분에 게이츠는 첫날부터 회 사의 경영권을 장악했다. 게이츠에 따르면 앨런이 마련한 창업 자금은 하니웰에서 일하면서 모은 것이었고, 자신이 댄 창업 자금의 일부는 하 버드에서 포커를 쳐서 모은 돈에서 나왔다.

대학 중퇴에 대한 가족의 반응

게이츠의 부모는 큰 충격을 받았다. 어머니는 아들의 미래에 대해 '매우, 매우 걱정했다'고 아버지가 말했다. 그는 저서에서 다음과 같이 말했다.

"트레이가 하버드를 졸업할 때쯤이면 없어질 것이라고 믿는 기회를 잡기 위해 대학을 떠날 계획이라고 말했을 때 메리와 나는 당연히 크게 실망했다. 하지만 그는 나중에 학위를 받기 위해 하버드로 돌아가겠다 고 약속했다."

게이츠가 하버드를 마지막으로 떠난 정확한 경위는 다소 불분명하며, 일부에서는 게이츠가 하버드를 떠난 진짜 이유가 자의가 아닌 징계 때 문이었다고 주장한다. 게이츠가 하버드에 재학하는 동안 게이츠와 앨런 이 알테어 베이식 프로젝트를 진행했다는 사실은 잘 알려져 있는데, 게 이츠가 자발적으로 학교를 떠난 것인지 아니면 학교의 행정적 압력, 징계 또는 문책의 대상이 되었는지에 대해서는 논란이 있다. 1974년에 제정된 미국의 학생 기록 보호에 관한 법률FERPA, 가족 교육 기록 및 개인 정보 보호법을 고려하면, 하버드는 게이츠가 어떤 징계를 받았는지, 받았다면 어떤 형태였는지를 밝힐 수 없을 것이다.

문제는 게이츠와 앨런이 하버드에서 컴퓨터를 상업적 잠재성이 있는 목적으로 사용했다는 것이다. 여기서 핵심은 두 사람이 정말로 개인적인 이익을 얻기 위해 정부가 돈을 댄 컴퓨터를 사용했느냐이다. 당시 컴퓨터 사용 비용이 시간당 40달러였고, 컴퓨터 사용 시간에 대한 자금이 연방 정부로부터 조달되었다는 사실을 감안하면, 이는 정부 자원을 부적절하게 사용한 것으로 볼 수 있기 때문이다.

1998년 골든Golden과 옘마Yemma는 게이츠가 어머니의 이름이 새겨질 시설에 1500만 달러를 기부하기 위해 모금 활동을 벌인 기사를 보스턴 글로브에 기고하면서 그의 아버지 말을 인용해 게이츠와 하버드 대학 당국 사이에 어떤 형태의 갈등이 있었음을 시사했다.

게이츠는 자신의 경력을 쌓기 위해 하버드를 자퇴했다고 밝혔다. 그러나 인터뷰에 따르면, 그는 컴퓨터를 사적인 용도로 사용하는 등 에이킨Aiken 연구소의 규칙 위반 혐의에 대한 분쟁 끝에 학교를 떠났다고 한다.

현재 아들이 세운 자선 재단을 운영하고 있는 아버지 윌리엄 게이츠 주니어는 "의심할 여지없이 문제가 있었다"고 말했다. "아들은 하버드

당국의 태도에 약간 부담을 느꼈다."

게이츠는 래드클리프Radcliffe의 커리어 하우스Currier House에 살았지만, 에이킨 연구실이 그의 진정한 집이었으며, 그곳에서 종종 밤을 새워 일했다. 문제는 게이츠가 에이킨 컴퓨터를 이용해 뉴멕시코에 있는 회사의 컴퓨터 코드를 작성하는 것을 연구실 관리자가 발견하면서 시작되었다. 연방 정부가 컴퓨터 사용료를 지원하고 있었기 때문에 관리자는 게이츠가 하버드 시설뿐 아니라 공적 자금도 오용하고 있다고 생각했다.

그들은 기사 후반부에 게이츠가 하버드에서 학위를 받지 못했음에도 계속 하버드에 관여하게 된 동기에 관해 설명했다. 게이츠는 산업 초창기에 만든 회사를 전 세계적으로 유명한 회사로 성장시키며 큰 성공을 거두었지만, 학위에 대한 가족의 기대에 부응하지 못하는 것을 항상 마음에 품고 있었다. 어머니의 이름을 딴 시설을 짓고 싶었던 것도 이런 실패에 대한 자각에서 비롯된 것이었다.

"1994년 6월 게이츠의 어머니인 메리 맥스웰 게이츠가 사망한 후 루덴스틴(하버드 관계자)이 애도의 편지를 보냈다. 소식통에 따르면 게이츠는 어머니의 가장 큰 실망은 자신이 하버드를 졸업하지 못한 것이라고 답했다."

게이츠는 하버드에서 학위를 받지 못하고 떠난 이후 여러 번 이 대학을 방문했는데 두 차례가 특히 주목을 받았다. 그는 2004년 하버드에서 학생들에게 연설했는데 페이스북 공동 창업자 마크 저커버그^Mark Zuckerberg도 청중석에는 앉아 있었다. 그는 2007년 졸업식에서 연설을 하고 명예박사 학위를 받았다. 어머니가 이미 13년 전에 돌아가셨고 정식 학위가 아닌 명예 학위였지만, 그는 아버지와 했던 '약속'에 대해 농담을 던질 수 있었다.

"이 말을 하려고 30년 넘게 기다렸어요. 아버지, 꼭 돌아와서 학위를 받겠다고 늘 말씀드렸잖아요."

대학을 중퇴한 게이츠는 오늘날 직장에서 성공하는 데 필요한 기본 자격을 증명하는 것으로 대학 교육의 가치를 굳게 믿고 있다. 실제로 대학을 마치지는 못했지만, 그는 한때 고등학교 졸업장이 그랬던 것처럼 오늘날 대학 학위가 취업의 기본 요건이라고 믿는다. 대학 학위 없이 억만장자 기업가로 성공한 그를 쉽게 모방할 수 없으며, 기술 분야를 포함하더라도 이러한 조건을 충족하는 사람은 한정되어 있다(마이크로소프트의 앨런, 애플의 잡스, 페이스북의 저커버그가 그런 예이다). 나중에 그는 자선 재단을 통해 모든 학년 수준의 교육 사업에 참여했으며, 대학을 일찍 그만두었음에도 불구하고 자신이 뛰어난 교육을 받았고 대학 학위는 미래의 성공을 위한 최소한의 자격 요건이라고 항상 강조했다.

PART 2

마이크로소프트의
초창기

기대 이상의 성장

BILL GATES

최고의 사업적 결정

　재능 있는 동료와 동업자가 없었다면 게이츠는 마이크로소프트에서 성공할 수 없었을 것이다. 그는 한 강연에서 1975년 앨런과 사업을 시작하고, 하버드에서 만난 친구 스티브 발머를 고용한 것이 최고의 결정이었다고 강조했다.

　"내가 내린 최고의 사업적 결정은 사람을 고르는 것과 관련이 있다. 아마도 앨런과 함께 사업을 시작하기로 결정한 것이 내가 잘한 일 목록의 윗부분에 있을 것이고, 나의 중요한 동료가 된 발머를 고용한 것도 마찬가지다."

회사 이름은 앨런이 제안한 마이크로-소프트^{Micro-Soft, 나중에 공백 없이 한 단어로}
연결할로 정해졌다. 그들은 대형 메인 프레임 컴퓨터용이 아닌 '마이크로컴
퓨터 소프트웨어^{microcomputer software}'를 만들었기 때문이다. 그리고 이 회사
는 시간이 흐른 뒤에도 이름이 거의 변하지 않았다.

그의 부모는 아들의 사업에 대해 확신하지 못했다. 그 당시 게이츠 가
족은 그가 언젠가 하버드로 돌아올 것이라고 믿었다. 마이크로소프트의
초기에는 이 사업이 정말로 실패할 수도 있는 위기가 여러 차례 있었다.
이 회사는 컴퓨터가 근본적으로 어떻게 작동하는지에 관한 자세한 지식
이 있는 사용자가 아니면 다루기 어려운 컴퓨터를 대상으로 사업을 시
작했다. 이런 사람들은 '애호가들'이라고 불렸는데, 당시 마이크로컴퓨
터는 직업이라기보다는 취미에 가까웠다.

마이크로소프트가 설립됐을 때 게이츠는 열아홉 살의 아주 어린 나이
였다. 하지만 그는 회사의 발전이 자신에게 도움이 될 것이라는 확신과
함께 미래에 대한 자신의 비전이 현실적이라는 것을 다른 사람들에게
설득할 수 있는 능력이 필요했다.

완전히 새로운 산업에서 사업을 새로 시작하는 것은 벅찬 일이었다.
초창기 마이크로소프트 직원들은 게이츠와 앨런 그리고 친구들이었다.
열아홉 살 청년은 어떻게 친구들에게 소프트웨어에 대한 자신의 비전이

성공적인 사업으로 이어질 것이라고 설득했을까?

"스스로에 대해 확신을 가져야 하는 마법 같은 순간이 찾아올 때가 있다. 내가 하버드를 중퇴하고 친구들에게 '나랑 같이 일하자'고 말했을 때 일종의 뻔뻔한 자신감 같은 게 있었다. 자신을 믿고 할 수 있다고 말하는 그런 순간이 있는데, 그런 순간은 흔치 않으니 꼭 잡아야 한다."

이 신생 중소기업의 CEO는 친구들이 제안을 수락하도록 설득한 뒤에는 그들에게 줄 월급을 걱정해야 했다. 마이크로소프트 초창기에는 직원들에게 월급으로 줄 자금을 확보하기 어려운 경우가 많았다.

"가장 두려웠던 것은 친구들을 고용하기 시작했을 때였는데, 그들은 월급을 기대했다. 그런데 내가 믿고 의지했던 고객들이 파산하는 일이 발생했다. 그래서 나는 수입이 전혀 없더라도 1년 치 급여를 줄 수 있을 정도로 충분한 돈을 은행에 예치해야 한다는 매우 보수적인 방식을 채택했다. 지금까지 나는 이 원칙을 거의 지켜 왔다."

게이츠는 하버드를 떠나 소프트웨어 회사를 창업하는 것이 아주 시급한 일이라고 생각했다. 자신이 읽은《포퓰러 일렉트로닉스Popular Electronics》잡지를 본 다른 사람들도 소프트웨어 개발에 적극적으로 뛰어들 것이고, 그들이 새로 개발한 소프트웨어의 일부는 마이크로소프트가 만든 소프트웨어를 베낀 것일 수도 있기 때문이었다. 이로부터 그의 마음속엔 몇 가지 원칙이 세워졌다. 회사의 지적 재산 보호가 중요하고, 마이크로소프트가 성공을 지속하려면 새롭고도 훌륭한 혁신을 계속 만들어 내야 한다는 것이다.

게이츠는 항상 어떤 식으로든 미래에 대해 고민했다. 1975년 초의 알테어는 프로그래밍 언어조차 없는 상자에 불과했지만, 게이츠는 컴퓨터를 독서와 필기를 비롯해 여러 작업에 사용하는 미래에 관한 구상을 하고 있었다.

"처음부터 사용하기 쉽고 안정적이며, 아주 강력한 기계를 꿈꾸었다. 1975년에 이미 우리는 어떻게 하면 독서와 메모가 그 기계에서 가능하도록 만들 수 있을까를 두고 이야기를 나누었다."

물론 당시의 컴퓨터를 고려하면 이런 구상의 실현은 어려운 일이었다. 일반인이 컴퓨터로 책을 읽고 메모를 작성할 수 있는 수준에 도달하려면 여러 가지 중요한 발전이 선행되어야 했다.

첫째, 누군가는 1980년대 초에 마이크로소프트가 IBM에 제공한 도스DOS, Disk Operating System 같은 컴퓨터용 운영 체제를 만들어야 했다. 알테어에는 이미 2진법(0과 1)으로 프로그래밍해야 하는 초보적인 운영 체제가 설치되어 있었다. 오늘날 마이크로소프트에서 제공하는 운영 체제는 윈도우Windows이다.

둘째, 소프트웨어 회사는 각 컴퓨터마다 알테어 베이식 같은 프로그래밍 언어를 만들어야 했는데, 이는 마이크로소프트의 초창기 주력 사업이었지만 오늘날 실제로 프로그래밍 언어를 사용하는 컴퓨터 사용자는 거의 없다. 마이크로소프트의 초기 전문 기술은 여전히 모든 컴퓨터에 탑재되어 있지만, 마이크로소프트의 소프트웨어가 탑재된 컴퓨터를 구입한 사람들은 대부분 이것을 사용하지 않는다.

결국 소프트웨어 회사는 일반 사용자가 충분히 직관적으로 사용할 수 있는 운영 체제용 애플리케이션을 만들어야 했다. 오늘날에는 마이크로소프트 오피스Microsoft Office 같은 응용 프로그램이 당연하게 여겨지고 대다수의 컴퓨터 사용자가 컴퓨터를 사용하는 방식이지만, 컴퓨팅 초창기에는 이러한 응용 프로그램이 없었다. 게이츠와 앨런은 개인이 직접 응용 프로그램을 작성할 수 있도록 프로그래밍 언어(두 번째 부분)를 작성했다. 마이크로소프트는 회사 설립의 계기를 제공한 이 부분을 제외한 모든 부분에서 유명해졌다.

이러한 단계들은 1975년 마이크로소프트가 설립된 후 불과 몇 년 만에 이루어졌지만, 현재 우리가 알고 있는 그래픽과 아이콘 클릭/선택 기능을 갖춘 운영 체제인 윈도우는 거의 10년이 지나서야 등장했다.

민첩한 움직임과 성공

소프트웨어 개발 초기에는 선발 주자의 이점이 매우 중요했다. 시장에 출시할 제품을 가장 먼저 만든 회사는 다른 회사와 쉽게 파트너십을 맺을 수 있었기 때문이다(마이크로소프트가 MITS와 그랬던 것처럼). 게이츠가 하버드를 떠나 긴박하게 마이크로소프트를 설립한 것처럼, 마이크로소프트도 하드웨어 공급업체와 약속한 기한을 맞추기 위해 장시간 노동에 시달릴 수밖에 없었다.

게이츠와 앨런은 장차 컴퓨터가 일상적인 기기가 될 것이라는 점을 가장 먼저 인식했고, 마이크로소프트에 소속된 프로그래머들이 가진 역량에 대한 비전을 공유했다. 그러나 게이츠는 컴퓨팅의 세계적인 확산 정도와 회사가 비약적으로 성장하면서 필요한 직원 수를 크게 오판했다. 게이츠는 직원이 100명 남짓한 회사가 전 세계 시장에 공급할 소프트웨어를 충분히 만들 수 있다고 굳게 믿었다. 그러나 회사는 빠르게 성장했고, 게이츠는 모든 직원은커녕 마이크로소프트가 개발 중인 제품의 관리자조차 모두 알지 못하는 지경에 이르렀다.

"PC의 인기와 영향력 측면에서 세상이 지금과 같을 것이라고 생각했지만, 우리 회사가 이 정도 규모가 되거나 이 정도의 성공을 거둘 것이라고는 생각하지 못했다. 역설적이게도 우리는 '그래, 30명 규모의 회사로 모든 PC에 필요한 소프트웨어를 만들면 되겠지'라고 생각했다."

"과거의 어느 날에 나에게 마이크로소프트가 얼마나 커질 수 있는지 물었다면, 앨런과 나는 직원이 100명만 있으면 세상의 모든 소프트웨어를 충분히 개발할 수 있을 거라고 생각했을 것이다."

애호가들에게 보낸 공개편지

마이크로소프트는 필요에 따라 특정한 용도에 특화된 다양한 버전의 베이식을 만들어 MITS에 납품했다. 마이크로소프트는 다른 회사들이 베이식을 필요로 하는 마이크로컴퓨터를 만들기 전에는 그 회사를 위한 베이식 버전을 만들 수 없었다. 이것은 마이크로소프트의 초기 성공은 MITS가 얼마나 많은 알테어 베이식 사본을 판매했는지에 달려 있다는 뜻이었는데, 마이크로소프트는 판매된 각각의 판권에서 일정 비율을 받기 때문이다. 얼마 지나지 않아 게이츠는 MITS가 알테어 베이식에 대한 판권을 거의 판매하지 않는다는 사실을 알게 되었고, 마이크로소프트의 지적 재산을 보호하기 위한 첫 번째 싸움에 나서게 된다.

당시 컴퓨터는 주요 연구 기관과 '애호가'라고 불리는 아주 적은 사람들에게 국한되어 있었다. 게이츠는 전체 알테어 컴퓨터 구매자 중 컴퓨터에서 실행할 수 있는 알테어 베이식을 함께 구매한 비율이 10퍼센트 미만이라는 사실을 알게 되었다. 실제로 알테어 베이식 사용자 대다수는 라이선스를 구매하지 않고 소프트웨어를 사용했다. 화가 난 게이츠는 공개편지를 작성했고, 이는 25년 후 많은 예술가와 공연자들이 냅스터 및 기타 P2P 파일 공유 서비스(2000년 당시에는 소프트웨어 복제가 명백한 불법이었지만 1976년에는 불법이 아니었음)를 상대로 한 소송에서 여러 중요한 문제 제기를 할 때 반영되었다.

게이츠와 앨런은 좋은 소프트웨어 없는 개인용 컴퓨터는 전혀 의미가 없다고 생각하면서 상당한 위험을 무릅쓰고 마이크로소프트를 창업했다. 그가 언급했듯이, 그의 회사에서 만든 알테어 베이식이 있더라도 컴퓨터를 사용하려면 여전히 프로그래밍 기술이 필요했기 때문에 일반 소비자는 (아직) 이 장치를 효과적으로 사용할 수 없었다. 그는 회사 매출을 바탕으로 알테어 컴퓨터 열 대가 판매될 때 알테어 베이식 라이선스 판매량은 한 개 미만이라는 사실을 파악할 수 있었다. 반면에 그는 MITS가 판매한 라이선스 수보다 훨씬 많은 수의 베이식 '사용자'로부터 열정적인 메시지와 피드백을 받고 있었다.

소프트웨어 업체로서 그의 회사는 분명 라이선스 사본 판매로 수익을 창출한다. 라이선스 판매로 소프트웨어 개발 비용을 회수하지 못하면 회사는 망할 수 있다. 게이츠는 베이식 버전을 개발하는 데 들어간 비용

2000년 1월, 라스베이거스 박람회에서 개회사를 하는 빌 게이츠.

을 고려하면 회사에 돌아오는 수익이 당시 최저 임금의 절반 수준인 시간당 2달러 미만이라는 사실을 깨달았다. 그는 제품 개발 비용이 직원들의 시간과 인건비를 계속해서 초과한다면 마이크로소프트는 금방 망할 것이고, 다른 회사들도 컴퓨터용 소프트웨어를 개발할 이유가 거의 없을 것이라고 생각했다.

또한 그는 소프트웨어를 구매하지 않고 사용하는 컴퓨터 애호가들은 절도죄를 저지르는 것이라고 선언하며 당시 소프트웨어 시장의 분위기를 정확하게 짚었다. 90퍼센트 이상의 사용자가 MITS를 통해 공식 소프트웨어를 구매하지 않는 반면, 일부 사용자는 개발 과정에 시간이나 노력을 들이지 않고 소프트웨어를 복사한 사람들로부터 불법 소프트웨어를 구매하고 있었다.

그는 이런 사람들을 특히 경멸하며 "이들은 애호가들에 관해 나쁜 이미지를 심어 주는 사람들이며, 그들을 모든 동호회에서 쫓아내야 한다"고 말했다. 게이츠는 마이크로소프트가 소프트웨어 개발에 들인 시간과 노력에 대한 보상을 받아야 한다고 주장했지만, 그가 편지에서 주장한 주요 개념적 요소는 현실과 거리가 있었다. 당시 미국에서는 컴퓨터 프로그램에 대한 저작권 보호가 적용되지 않았기 때문에 지역에 따라서는 해적판을 판매하는 행위가 법에 저촉될 수 있었지만, 소프트웨어를 복사하는 것 자체는 기술적으로 저작권 침해가 아니었고, 따라서 도둑질도 아니었다.

1976년 당시 주 차원의 '불공정 경쟁' 법률에 근거한 소송을 제기할 수는 있었다. 특정 주에서 시행되는 이러한 법률은 마이크로소프트의 저작물을 재판매하여 수익을 창출하는 기업이나 개인에게만 적용될 수 있었다. 그러나 개인이 마이크로소프트 또는 마이크로소프트 제품을 판매하는 MITS와 기밀 유지 계약을 체결하지 않는 한 영업 비밀 침해는 발생하지 않는다고 보았다. 따라서 1970년대에는 게이츠와 다른 모든 소프트웨어 기업 대표들이 소프트웨어 생산 및 판매로 수익을 창출할 수 있는 여건이 매우 열악했다.

지적 재산을 지키기 위한 싸움

1976년 '애호가들에게 보내는 공개편지' 이후 게이츠는 저작권법 개정으로 문제가 해결되기를 바랐다. 하지만 그의 바람대로는 되지 않았다. 이후 저작권에 관한 법률은 약간 수정되었지만 마이크로소프트는 여전히 지적 재산을 보호하기 위해 중요한 싸움을 벌이고 있었다. 게이츠는 라이선스 없이 무분별하게 사용되는 당시의 소프트웨어 모델로는 라이선스 비용을 지불할 이유가 거의 없다는 사실을 잘 알고 있었다.

"제가 아는 한 소프트웨어를 개발해서 부자가 되는 사람은 없다."

인터뷰에서 게이츠는 마이크로소프트의 지적 재산이 복제되는 것을 막기 위한 회사의 권리를 강력히 주장하면서 당시 업계 상황이 소프트웨어 개발자에게 특별히 수익성이 높지 않다고 솔직하게 설명했다. 그는 자신의 유일한 제품이 알테어 베이식이었을 때부터 경쟁사 및 사용자와의 경험을 통해 교훈을 얻었다. 라이선스를 구입하지 않고 마이크로소프트가 만든 소프트웨어를 사용하는 것에 대한 법적 제재가 없었기 때문에, 마이크로소프트의 제품은 판매 수수료를 내지 않고도 복사 또는 재판매될 수 있었다. 마이크로소프트가 성장하려면 미국 정부가 소프트웨어 지적 재산을 취급하는 방식에 상당한 변화가 필요했지만, 마이크로소프트가 진출한 일부 시장에서는 한참 뒤에나 *그러한* 보호 조치가 취해졌다.

1979년은 컴퓨팅 초창기 소프트웨어 개발자들에게 중요한 시점이었다. 1976년 저작권법이 개정되면서 '저작물의 새로운 기술적 이용에 관한 위원회Commission on New Technological Uses of Copyrighted Works, CONTU'가 설립돼 다양한 전자 매체에 저장된 소프트웨어와 복사물의 저작권 위반 여부에 대한 보고서를 의회에 제출하도록 했다. 이 위원회는 소프트웨어가 저작권의 적용을 받을 수 있도록 하는 절차를 제안했다. 의회는 아직 위원회가 내놓은 권고에 대해 아무런 조치를 하지 않았지만, 사람들은 컴퓨터 프로그램에 대한 문제가 해결된 것으로 생각했다. 그러던 중 JS&A라는 회사가 데이터 캐시Data Cash가 만든 '컴퓨-체스Compu-Chess'라는 제품을 그대로 베낀 'JS&A 체스 컴퓨터'라는 제품을 판매한 혐의로 소송을 당했다. JS&A는 다른 회사가 만든 소프트웨어를 판매하고 있었지만, 1979년 연방 판사는 이 프로그램을 복제하여 판매하는 행위가 저작권법에 저촉되지 않는다는 판결을 내렸다.

불과 4년 전 애호가들에게 보내는 공개편지에서 밝힌 게이츠의 입장을 고려할 때 이 문제에 대한 24세 게이츠의 생각은 쉽게 예상할 수 있었다. 연방 판사의 판례에 따라 전자 매체에 저장된 소프트웨어가 저작권의 보호를 받지 못한다면 저작물 제작자에게 아무런 대가를 지불하지 않고 컴퓨터 프로그램이 복제, 재판매되는 것을 막을 수 있는 법적 장치가 거의 없게 될 것이다.

빌 게이츠는 공개편지를 작성할 당시 알테어 베이식 개발에 4만 달러가 투입되었다고 말했다. 마이크로소프트는 그 당시보다 성장했고 소프트웨어 개발 비용은 훨씬 더 늘어났다. 그는 특허나 저작권을 행사할 수 없는 상황에서 마이크로소프트가 자사 제품을 보호하기 위해 어떤 노력을 기울였는지 설명했다.

"우리는 소프트웨어 프로그램을 만드는 데 매년 수백만 달러를 지출하고 있으며, 여러 방식으로 이를 보호하고 있다. 영업 비밀법에 따라 소스코드와 소위 고가의 상용 패키지를 비공개로 처리하는 방법이 있다."

하지만 모든 소프트웨어가 고가일 수는 없었고, 게이츠는 공개편지에서 밝힌 대로 "법이 보호하지 않는다면 소프트웨어가 만들어지지 않았을 것"이라고 여전히 믿었다.

누군가 마이크로소프트가 만든 소스 코드를 가져다가 다른 곳에 무단으로 배포했다는 이야기를 전해 들은 게이츠는 자신의 권리가 침해당했다고 주장했다.

"그건 내 자료이기 때문에 당연히 침해한 것이다. 그는 그게 누구의 것이라고 생각하는 걸까? 우리가 만든 자료를 복제해서 상업적으로 이익을 얻을 권리가 있다고 생각하는 건가? 말도 안 되는 소리다! 왜 그가 그걸로 돈을 벌어야 하나? 그는 우리 물건을 가져간 것뿐이지 않나."

이것은 마이크로소프트가 만든 지적 재산을 보호하기 위한 게이츠의 두 번째 중요한 싸움이었는데 이것이 마지막은 아니었다. 연방 저작권법 문제는 몇 년 안에 해결되었지만, 불공정 경쟁 및 지적 재산권 위반 혐의는 향후 마이크로소프트와 게이츠가 운영하는 다른 회사들에 대한 고발을 포함하여 계속 불거졌기 때문이다.

스타들은
최고가 모이는 곳에서
일하기 원한다

BILL GATES

성장을 위한 인재 채용

1970년대에서 1980년대로 넘어가면서 게이츠는 컴퓨터 과학 및 소프트웨어 개발 분야의 슈퍼스타를 고용하는 것이 회사에 도움이 된다는 사실을 깨달았다. 또한 이미 영입한 최고의 프로그래머들이 회사를 떠나기 시작하면 다른 프로그래머들도 이탈할 수 있다는 반대의 상황도 염두에 두었다. 마이크로소프트는 애플이나 IBM에 비하면 작은 회사지만 가장 뛰어난 프로그래머들이 모여드는 곳이 되어야 했다.

게이츠는 까다로운 상사로 정평이 나 있었다. 게이츠는 스스로가 소프트웨어 프로그래머였고 새로운 소프트웨어를 개발하는 데 아무나 관여해서는 안 된다는 것을 분명히 이해했다. 게이츠와 앨런 모두 대학을 졸업하지 않았기 때문에 소프트웨어 개발자가 반드시 명문 대학을 졸업해야 한다는 생각은 전혀 없었다. 하지만 소프트웨어 개발자는 일관되게 높은 수준의 IQ를 가진 사람이어야 한다는 것은 알고 있었다.

빌 게이츠의 탁월한 동업자 중 한 사람은 1980년부터 함께한 발머였다. 일단 게이츠는 발머를 설득해서 비즈니스 관리자로 회사에 합류하도록 해야 했는데, 당시 발머는 이미 기술적인 능력과 회사가 하는 모든 일에 대한 통제력을 모두 갖춘 것으로 인정받고 있었다. 발머를 설득해서 마이크로소프트에 합류시키는 것은 쉽지 않은 일이었다. 발머는 게이츠의 오랜 친구였지만 하버드에서 수학과 경제학 학사 학위를 받은 후 스탠퍼드 대학원에 재학 중이었다. 그래서 게이츠는 채용과 면접 과정에서 발머에게 깊은 인상을 심어 주기 위해 노력했다.

발머는 1980년 6월 11일 마이크로소프트에 합류하면서 회사의 일부 지분을 갖게 되었다. 그는 마이크로소프트의 첫 번째 경영 책임자였다. 1년 후에 IBM은 최초의 개인용 컴퓨터를 출시했고, 이 컴퓨터에는 마이크로소프트가 만든 최초의 PC용 상용 운영 체제인 MS-DOS가 탑재되었다. 그 후 게이츠는 탁월한 프로그래머를 고용하는 것이 마이크로소프트를 키워 나가기 위해 밟아야 할 다음 단계라는 것을 깨달았다. 그리하여 1990년경에 도래할 종이 없는 사무실에 대비해 1970년부터 첨단 컴퓨팅 기술을 연구해 온 연구소인 제록스 PARC의 찰스 시모니(Charles Simonyi) 박사를 고용하는 것부터 시작했다.

게이츠는 뛰어난 프로그래머를 영입하면 같은 수준의 다른 프로그래머를 끌어들이기 쉬워진다는 사실을 알고 있었다. 스타들은 각 분야의 최고가 모이는 곳에서 일하기를 원했다. 1981년 게이츠는 제록스 PARC의 찰스 시모니를 영입했는데 "소프트웨어 개발 분야에서 처음으로 고용한 정말 똑똑한 사람"이라고 말했다. 마이크로소프트 워드의 아버지라고 할 수 있는 시모니의 존재는 다른 사람들을 유인하는 데 큰 도움이 되었다.

이는 게이츠 경영 철학의 핵심인 여러 가지 선순환 구조 중 하나였다. 그 반대도 마찬가지였다. 만약 마이크로소프트가 최고의 프로그래머를 잃게 된다면 다른 사람들도 이직을 고려하기 시작할 것이었다. 따라서 마이크로소프트는 인재를 채용하는 것뿐 아니라 그들이 계속 회사에 머물도록 하는 데에도 지속적인 관심을 기울여야 했다.

운영 체제 판매를 위해 필요한 요소들

게이츠는 가족과 깊은 유대 관계를 유지하고 있었는데 마이크로소프트를 설립한 초창기부터 이러한 관계의 혜택을 받은 것으로 알려져 있다.

IBM^{International Business Machines}의 회장이 미국 유나이티드 웨이의 이사였던 시절 게이츠의 어머니 메리 게이츠도 이 단체의 이사였다. IBM은 고수익을 올려 주는 상업용 시장과 겹치지 않으면서도 가정용 컴퓨터 사용자들이 구매 가능한 저렴한 컴퓨터 개발에 눈독을 들이고 있었다. 앞서 검토했던 프로젝트들이 실패해 유력한 후보가 떨어졌고 행운은 마이크로소프트에 돌아갔다.

1980년 메리 게이츠는 위원회의 동료 위원이자 IBM의 회장이었던 존 R. 오펠^{John R. Opel}과 IBM이 마이크로소프트와 함께 추진하고 있던 사업에 대해 논의했다. 몇 주 후, IBM은 당시 소규모 소프트웨어 회사였던 마이크로소프트와 계약함으로써 최초의 개인용 컴퓨터를 위한 운영 체제를 개발할 기회를 만들었다.

IBM PC의 성공으로 마이크로소프트와 이 회사가 만든 MS-DOS^{마이크로소프트 디스크 운영 체제}는 급성장했고, 결국 마이크로소프트는 세계 최대의 개인용 컴퓨터 소프트웨어 회사로 성장했다.

마이크로소프트는 컴퓨터 소프트웨어가 한 대의 컴퓨터에서만 사용 가능하고, 컴퓨터를 사용하는 데 필요한 운영 체제도 본질적으로 하나의 기계에만 연결되어 있다고 분명히 말했다. 전 세계적으로 컴퓨터 수가 증가할수록 이것은 매우 수익성이 좋은 비즈니스 모델이 되었고, 결국 경쟁자들과 미국 법무부의 관심을 끌기 시작했다.

IBM PC가 발표된 날은 마이크로소프트 역사에서 결정적인 순간이었다. IBM은 기자 회견에서 마이크로소프트에 대한 간략한 언급과 함께 PC의 혁신에 대해 설명했다. 이제 학생들은 컴퓨터로 논문을 작성할 수 있고, 사업가들은 회계 소프트웨어를 사용할 수 있으며, 누구나 사용 설명서를 몇 시간만 공부하면 컴퓨터를 사용할 수 있고, 자신만의 프로그램을 만들 수 있게 되었다.

IBM은 회계 업무에 도움이 필요한 직장인이든, 학기 말 논문을 준비하는 학생이든, 초보 사용자든, 고급 사용자든 누구나 쉽게 사용할 수 있도록 개인용 컴퓨터를 설계했다. 모든 시스템에는 널리 사용되는 마이크로소프트 베이식 프로그래밍 언어의 향상된 버전과 쉽게 이해할 수 있는 사용 설명서가 포함되어 있다. 이를 통해 몇 시간 내에 컴퓨터를 사용할 수 있고 개인 맞춤형 프로그램을 아주 쉽게 개발할 수 있다.

이 행사가 마이크로소프트 역사에서 왜 그렇게 중요한 사건이었을까? 이전 운영 체제(CP/M)를 실행하던 50만 대의 컴퓨터가 대부분 MS-DOS를 실행하는 열 배나 많은 컴퓨터로 교체되었다. 이는 게이츠가 이끄는 마이크로소프트에게 엄청난 일이었고, 게이츠는 베이식과 동일한 비즈니스 모델을 재현했다. 새로운 제조업체가 IBM과 경쟁하고자 할 때마다 그는 맞춤형 버전의 MS-DOS를 제공했다. 또한 응용 프로그램 개발 전문가가 있었기 때문에 맞춤형 버전의 MS-DOS를 구매하는 각 제조업체는 그 맞춤형 MS-DOS에 맞는 응용 프로그램도 구매할 수 있었다. 사실상 게이츠는 애플을 포함한 모든 컴퓨터 제조업체에 조금씩 다른 운영체제와 조금씩 다른 응용 프로그램을 판매할 수 있었다. 어느 제조업체가 궁극적으로 성공하든 마이크로소프트는 수익을 얻었다.

앨런의 심각한 질병

1982년 말 앨런은 림프종 진단을 받았는데, 적극적으로 치료를 받지 않으면 일찍 사망할 수도 있는 병이었다. 공동 창립자 앨런이 항암 치료를 받으며 회복하는 동안 업무 속도가 느려졌다. 게이츠와 발머는 앨런의 동의 없이 회사에 대한 앨런의 지분을 축소하려는 계획을 모의했고, 앨런은 이를 달가워하지 않았다. 마이크로소프트 설립 초기인 1977년에는 게이츠와 앨런이 동업자 관계이긴 했지만 게이츠가 언제든지 앨런을 회사에서 해임할 수 있었다. 이 동업 계약은 1981년 6월 25일 마이크로소프트가 주식회사가 되면서 유효하지 않게 되었고, 앨런이 회사를 떠나더라도 원하는 기간 동안 회사에 대한 지분을 계속 보유할 수 있었다.

게이츠와 앨런은 회사를 떠나게 된 앨런이 보유한 지분 인수에 관한 의견을 주고받았다. 앨런은 게이츠의 첫 제안을 거절했고, 마이크로소프트 주식을 보유한 채 회사를 떠났다.

이를 두고 대부분의 사람들은 앨런에게 손해라고 생각했을 것이다. 하지만 실제로는 앨런의 운이 엄청나게 좋았다. 게이츠에게 회사 지분을 팔았다면 몇백만 달러를 벌었을 것이다. 하지만 마이크로소프트의 폭발적인 성장은 훨씬 나중에 일어났고, 앨런은 이후 억만장자가 되었다.

게이츠의 지적 재산권 승리

게이츠는 회사를 설립할 때부터 자신이 만든 소프트웨어는 자신의 저작물이며 저작권 보호를 받아야 한다고 주장했다. 1976년 저작권에 관한 법률이 개정되었음에도 불구하고 전자 미디어는 저작권이 적용되지 않는다는 1979년 법원의 판결이 1983년까지 몇 년 더 유지되었다. 마침내 저작권에 대한 개념을 정립한 사건은 게이츠나 마이크로소프트가 개발한 소프트웨어가 아니라 애플이 개발한 소프트웨어를 둘러싸고 일어났다.

1983년 8월 30일은 '애플 컴퓨터 대 프랭클린Franklin 컴퓨터 사건'에 있어 중요한 날이었다. 이 사건은 3일 전 애플에 불리한 판결이 내려진 다음 제3 항소 순회 법원에 보내졌다.

프랭클린은 이 소송에서 애플이 문제의 소프트웨어가 애플 II에 사용된 소프트웨어와 거의 동일하다는 증거를 제시하자 새로운 변론을 시도했다. 사실 프랭클린은 소프트웨어에 인코딩된 애플과 애플 직원을 위한 일부 참조reference조차 변경하지 않았기 때문에 복제했다는 사실을 부인하기란 불가능했다.

애플은 심리 과정에서 진술서 및 증언의 형태로 프랭클린이 ACE 100 컴퓨터와 함께 판매한 프로그램이 애플의 저작물 열네 건과 사실상 동일하다는 증거를 제출했다. 일부 변형이 있기는 했지만 이는 애플에 대한 언급이나 저작권 고지를 삭제하는 등의 사소한 차이에 불과했다.

애플은 '소송 중인 저작물'을 제작하는 데 46개월이 걸렸으며, 이전 버전의 프로그램을 제작하거나 구매하는 데 소요된 시간이나 비용, 프로그램 마케팅 비용을 제외하고도 74만 달러가 넘는 비용이 들었다고 추산했다.

프랭클린이 변경한 사항은 컴퓨터를 부팅할 때 'Apple II'의 철자를 'ACE 100'으로 변경하는 등 극히 미미한 것이었다. 그렇다면 항소 법원에서 판사로부터 즉각 기각된 프랭클린의 변호는 어떤 내용이었을까? 프랭클린은 운영 체제는 저작권의 적용을 받지 않으며, 프랭클린이 자체적으로 유사한 운영 체제를 개발할 능력이 없기 때문에 애플의 운영 체제를 복사하는 것은 더욱 허용된다고 주장했다. 판사는 운영 체제에 저작권이 적용되지 않는다는 프랭클린의 주장을 즉시 기각했다.

게이츠는 이 판결이 애플, 마이크로소프트 그리고 다양한 소프트웨어 응용 프로그램과 운영 체제를 개발하는 모든 회사에 얼마나 중요한지 즉시 알아차렸다. 마이크로소프트는 애플을 비롯한 많은 공급업체와 광범위하게 협력하고 있었기 때문이다. 게이츠는 프랭클린이 승소했다면 다른 나라 기업들이 소프트웨어를 자유롭게 복제할 수 있게 되어 애플, 프랭클린, 마이크로소프트의 미래가 위태로워질 것이라고 생각했다.

그는 법원이 "플로피 디스켓에 담겨 있든 컴퓨터 내부의 실리콘 칩에 새겨져 있든 모든 컴퓨터 소프트웨어는 미국 저작권법의 보호를 받는다"는 판결이 나온 것을 기뻐했다. 미국 사법 시스템이 마침내 각 기업이 성공하는 데 중요한 소프트웨어를 보호하기로 결정했기 때문이다.

PC가 보급되고 수백만 명의 신규 사용자가 MS-DOS에 익숙해지던 1983년, 게이츠는 애플이 게임 쇼 형식으로 마련한 행사에 참석했다. 그는 시간이 지나면서 서로 모순되는 발언을 여러 가지 했는데, 1984년 1월에 출시될 매킨토시를 가장 혁명적인 아이디어라고 평가한 것도 그중 하나였다. 게이츠는 잡스가 주도한 매킨토시 프로젝트에 대해 이렇게 말했다.

"새로운 표준을 만들려면 단순히 조금 다른 것을 만드는 것이 아니라 정말 새롭고 사람들의 상상력을 사로잡는 것이 필요하다. 그리고 매킨토시는 내가 본 모든 컴퓨터 중에서 그 기준을 충족하는 유일한 제품이다."

마이크로소프트도 1983년 IBM-PC를 위한 프로젝트를 진행하고 있었다. 이 프로젝트의 이름은 '윈도우'였다. 1984년 1월 24일에 오리지널 매킨토시가 출시되었고, 며칠 전 슈퍼볼^{Super Bowl}에서 상징적인 광고가 상영되었다. 당시 마이크로소프트는 애플과 긴밀한 관계를 맺고 있었고, 게이츠는 윈도우에 대한 아이디어를 발전시키고 있었는데 애플과 마이크로소프트 모두 종이 없는 사무실에 대한 혁신을 성공적인 비즈니스로 발전시키지 못했던 제록스 PARC의 연구들을 기반으로 하고 있었다.

그들은 화면에 있는 사물을 가리키고 그림을 볼 수 있다면 컴퓨터에게 지시하기가 더 쉽다는 것을 보여 주었다. 그들은 테이블 위에서 굴려서 화면의 포인터를 움직일 수 있는 '마우스'라는 장치를 사용했다. 제록스는 이 획기적인 아이디어를 상업적으로 활용하는 데 실패했는데, 그 이유는 이 기기가 비싸고 표준 마이크로프로세서를 사용하지 않았기 때문이다. 훌륭한 연구 결과를 판매 가능한 제품으로 전환하는 것은 여전히 많은 기업에게 어려운 과제이다.

PART 3

오늘날 사용되는
제품의 개발

규모보다는
영리함이 중요하다

— BILL GATES —

윈도우 1.0의 출시와 주식 상장

1985년 6월 마이크로소프트는 IBM과 OS/2라는 운영 체제를 만들기 위한 공동 개발 계약을 체결했는데, 배후에서 윈도우 버전도 개발하고 있었다. 따라서 마이크로소프트는 IBM과 비슷한 컴퓨터를 만드는 누구에게나 MS-DOS를 판매하고, 애플에게는 소프트웨어를, IBM에게는 운영 체제를 판매하는 한편 자체 운영 체제를 개발하고 돈만 내면 누구에게든 애플리케이션을 판매하고 있었던 것이다. 이 기술 경쟁에서 누가 이기든 마이크로소프트는 이익을 얻을 수 있었다.

윈도우는 1983년에 처음 발표되었는데 첫 출시는 1985년 11월 20일에 이루어졌다. 마이크로소프트는 프로젝트를 빠르게 진행하는 것으로 유명했기 때문에 일부 컴퓨터 전문가들은 발표와 출시 사이에 몇 년간 공백이 생기자 윈도우가 베이퍼웨어vaporware일 수 있다고 생각하기 시작했다. 베이퍼웨어라는 용어는 회사가 출시하고 싶어 하지만 우선순위가 낮아졌거나 기술적으로 실현 가능성이 없는 제품 등 여러 가지 의미를 내포하고 있었다. 베이퍼웨어는 원래 존재하지 않았던 제품일 수도 있었는데, 이 경우 경쟁업체를 혼란에 빠뜨리거나 경쟁업체를 시장에서 퇴출시키기 위해 발표되기도 한다. 마이크로소프트는 다음과 같이 발표했다.

"최초 발표 2년 후인 1985년 11월 20일 마이크로소프트는 윈도우 1.0을 출시한다. 이제 MS-DOS 명령어를 입력하는 대신 마우스를 움직여 화면, 즉 '창'을 가리키고 클릭하기만 하면 된다."

윈도우는 진지한 PC 사용자를 위해 설계된 독창적인 소프트웨어라고 게이츠는 말했다. 애플은 윈도우 1.0이 그다지 독창적이지 않다고 생각했다. 그리고 잡스는 1996년에 복귀하긴 하지만 당시에는 애플에 근무하지 않았다. 1983년 애플은 애플의 새로운 얼굴이 될 CEO를 채용했는데, 존 스컬리John Sculley는 잡스가 "남은 인생을 설탕물을 팔면서 보내고 싶습니까, 아니면 세상을 바꿀 기회를 원하십니까?"라는 말로 설득해

영입한 인물로 유명하다.

매킨토시는 판매 목표치를 달성하지 못했고, 잡스와 스컬리 사이의 갈등은 잡스가 조직을 떠나는 사태로 이어졌다. 잡스는 1985년 한동안 '폐허가 된' 상태였지만 곧 회복했다. 그는 넥스트^{NeXT}라는 새로운 컴퓨터 회사, 그리고 30년 후 인기 영화를 제작하게 될 픽사^{Pixar}라는 컴퓨터 기반 애니메이션 회사를 설립했다. 그리고 이러한 활동은 그가 애플, 그리고 마이크로소프트와 함께 걸었던 길과 다시 교차한다는 의미였다.

1986년 마이크로소프트가 상장 기업이 되면서 누구나 자유롭게 이 회사 주식을 사고팔 수 있게 되었다. 이것은 게이츠가 10년 이상 확고하게 지배해 온 회사에 큰 변화였으며, 이제 그는 마이크로소프트 주식에 관해 문의하는 다른 사람들에게 책임을 져야 했다. 주식을 팔면 언제든 원할 때 마이크로소프트에서 돈을 빼낼 수 있게 되지만, 게이츠는 이런 전망도 달갑지 않았다.

그렇다면 마이크로소프트가 주식 시장에 상장하기로 결정한 이유는 무엇일까? 상장 기업이 된 데는 여러 가지 이유가 있다. 마이크로소프트가 주식을 대중에게 처음 판매할 때 회사에 상당한 자금이 유입된다. 유입되는 금액은 판매된 주식 수에 주당 가격을 곱한 값(주식 판매를 도운 금융 회사에 대한 수수료를 뺀 값)이 될 것이다. 주식 판매를 통해 자금을 확보하는 것이 주기적으로 이자를 지급해야 하는 차입(부채)보다 더 안전하다고 볼 수 있다. 주식은 회사의 부분적인 소유권이기 때문에 회사의 소유주는 더 많아지지만, 회사는 초기 주식 판매를 통해 조달한 자금을 사업 확장 및 신제품을 위한 투자에 사용할 수 있다.

증권 거래소에 상장하여 상장 기업이 되면 창업자나 기존 소유주가 회사 소유권의 일부 또는 전부를 쉽게 매각할 수 있는 방법이 생긴다는 이점도 있다. 게이츠와 앨런 같은 마이크로소프트 창업자들은 기업 공개IPO 과정에서 수백만 달러의 가치가 있는 주식을 즉시 보유하게 되었다. 회사의 주요 경영진은 회사의 좋은 소식(혹은 나쁜 소식)에 관한 내부자 정보를 토대로 주식을 거래하지 못하도록 하는 규칙을 준수하는 한, 그들이 보유한 회사 주식을 매각할 수 있다.

기업이 성장하려면 제품이나 서비스가 다른 기업이나 개인 등 고객이 원하는 것이어야 한다. 마이크로소프트는 창립 후 11년 동안 매우 폐쇄적이었고 기업 공개를 한 번도 하지 않았기 때문에 자유롭게 사고팔 수 있는 주식이 발행되지 않았다. 일반 투자자는 1986년 3월 13일 공식적으로 기업 공개가 이루어지고 주식 1주가 21달러에 거래되기 전까지는 마이크로소프트 주식을 구매할 수 없었다. 현재는 나스닥 주식 시장에서 MSFT라는 종목명으로 개인이 마이크로소프트 주식을 사고팔 수 있다.

마이크로소프트는 모든 규모의 기업과 소비자를 위한 기술을 개발하는 유리한 시기에 기업 공개로 주식을 판매해 거둬들인 수익을 사용할 수 있었다. 마이크로소프트는 급속한 성장을 계속했기 때문에 이 회사가 상장된 첫날 산 주식 1주를 25년 동안 계속 보유했다면 288주로 늘어났을 것이다. 빠르게 성장하는 다른 많은 기업과 마찬가지로 마이크로소프트는 더 많은 투자자들이 주식에 접근할 수 있는 가격을 유지하기 위해 정기적으로 주식 분할을 실시했다. 이 시기에 컴퓨팅과 마이크로소프트의 비약적인 성장은 마이크로소프트 투자자와 직원들을 큰 부자로 만들었다.

회사가 급성장하면서 최대 주주이자 CEO인 빌 게이츠는 지난 20년 동안 세계에서 가장 부유한 인물에 선정될 정도로 엄청난 부자가 되었다.

애플 대 마이크로소프트

OS/2의 첫 번째 버전은 IBM과의 계약에 따라 1987년 12월에 출시되었다. 윈도우 두 번째 버전도 1987년 12월에 나왔다. 두 제품 모두 마이크로소프트가 개발했기 때문에 어느 제품이 더 성공하든 마이크로소프트는 이익을 얻었다.

게이츠가 MS-DOS, 애플의 매킨토시, 마이크로소프트 윈도우, 그리고 이제 IBM의 OS/2의 장점을 극찬했던 것을 감안하면 마이크로소프트는 '가장 중요한 플랫폼'을 여러 개 보유한 분명한 수혜자라고 할 수 있다. 누가 지배적인 플랫폼이 되든, 가정용 컴퓨터 시장이 계속 성장하는 한 마이크로소프트는 이익을 얻고 계속 성장할 수 있었다.

　1988년 애플은 윈도우 운영 체제에 그래픽 사용자 인터페이스GUI를 사용했다는 이유로 마이크로소프트를 상대로 소송을 제기했다. 게이츠는 불쾌감을 감추지 못했고, 새로운 애플 CEO 스컬리와의 관계는 잡스와의 관계만큼 돈독하지 않았다.

　역사를 되돌아보면 잡스와 게이츠 모두 소송의 핵심이 된 GUI의 창시자가 아니라는 것을 알 수 있다. 사실 두 사람 모두 제록스의 PARC에서 GUI 개념을 배웠다. 1970년대 PARC의 소유주였던 제록스는 운영 체제 시장에서 전략적 옵션을 검토하면서 해당 발명의 잠재적 권리 소유자라면 당연히 해야 할 일을 했다.

　제록스는 다음 해에 애플을 상대로 저작권 소송을 제기했다. 업계 관계자들은 매킨토시가 더 이상 시장에서 '새로운' 제품이 아니었기 때문에 1989년은 조금 늦은 감이 있다고 생각했다. 제록스는 왜 애플과 마이크로소프트 모두를 상대로 소송을 제기하지 않았을까? 그것은 단순한 비즈니스상의 이유였다.

마이크로소프트는 GUI 아이디어에 대한 소유권을 주장한 적이 없었고, 애플은 이 개념에 대한 권리를 소유하려고 했다. 법원이 애플이 GUI가 있는 모든 운영 체제에 대한 권리를 '소유'한다고 판결하면 애플은 제록스가 개발한 아이디어에 대한 라이선스 수익을 얻게 될 것이었다. 이 시나리오는 해결하는 데 시간이 걸렸다. 제록스는 자사의 발명품을 사용했다는 이유로 애플을 고소했고, 애플은 마이크로소프트가 표면적으로 제록스로부터 얻은 애플의 아이디어를 훔쳤다는 이유로 고소했다.

게이츠는 미친 듯이 화를 냈다. 그는 그때나 지금이나 애플에서 아무것도 훔치지 않았다고 주장했다. 그는 GUI에 대한 모든 아이디어는 애플이 아니라 제록스에서 시작되었다고 말했다. 게이츠는 "맥의 아버지는 제록스다. 윈도우의 아버지도 제록스다"라고 말했다.

마이크로소프트의 GUI 거장인 시모니는 윈도우와 매킨토시의 유사점을 다양한 자동차 모델에서 발견되는 유사점에 비유했다.

"만약 당신이 자동차를 새로 만들더라도 핸들을 바꾸지는 않을 것이다. 그들은 모두 조상이 같다. 그들이 빠져든 논쟁은 이처럼 어리석고 무의미한 것이었다."

GUI에 관한 아이디어가 제록스에서 나왔다는 사실에 이의를 제기하는 사람은 아무도 없었다. 제록스가 즉시 소송을 제기했다면 결과는 달라졌을지도 모른다. 제록스는 애플과의 소송에서 패했고, 애플은 마이크로소프트와의 소송에서 패했다. 세 회사 모두 엄청난 변호사 비용을 지출했지만 본질적으로 아무런 진전을 이루지 못한 채 소송은 1994년 끝났다.

큰 성공을 거둔 윈도우 3.0

1988년《석세스 매거진Success Magazine》 인터뷰에서 게이츠는 마이크로소프트가 이미 전자 메일을 사용하고 있다고 말했다.

"우리 회사에는 전자 메일, 즉 컴퓨터를 통해 서로에게 전자적으로 메시지를 보내는 시스템이 있다. 따라서 갑작스럽게 어떤 생각이 떠오르면 곧바로 그 아이디어를 공유해야 한다고 생각되는 사람에게만 보낼 수 있다."

1990년 5월 22일 윈도우 3.0이 출시되었고 눈 깜짝할 사이 OS/2 판매량을 뛰어넘었다. 1992년 게이츠는 OS/2가 IBM만의 이니셔티브가 된 것에 대해 다음과 같이 말했다.

"우리는 항상 IBM이 소프트웨어를 보급하고 우리가 개발을 하는 것이 가장 좋은 방법이라고 생각했다. 그래서 IBM이 우리와 소통을 끊고 독자적인 길을 가기로 했을 때 비로소 이제 우리만의 길을 가야겠다고 생각했다. 그것은 분명히 아주 두려운 일이었다."

2003년 5월, 윈핵WinHEC 행사에서 새로운 PC 시제품을 선보이다.

1993년 마이크로소프트의 영향력이 지나치게 강하다는 주장을 둘러싼 논쟁이 있었다. 게이츠는 서버 하드웨어 시장에 대해 이렇게 설명했다.

"이 시장은 경쟁이 극도로 치열하다. 이 사업에서 규모가 크다고 해서 다 좋은 것만은 아니다. 이 사업에서는 영리함이 더 중요하다."

그는 개발 비용 때문에 이제 운영 체제보다 애플리케이션이 더 많은 수익을 창출하고 있지만, 이는 마이크로소프트의 역사에서 아주 최근의 추세일 뿐이라고 말했다. 1990년에 출시된 윈도우 3.0(OS/2를 IBM 전용 프로젝트로 강등시킨 제품)은 마이크로소프트 워드를 일반 시장에 선보이게 한 운영 체제였다. 다른 회사의 CEO가 된 전직 IBM 임원조차도 당시 소프트웨어 시장에서 마이크로소프트에 대한 두려움은 시간이 지나면 사라질 것이라고 말했다.

"오늘날 모두가 마이크로소프트를 두려워하고 있다. 하지만 결국에는 모두가 경쟁하게 될 것이다. 수천 명의 게이츠가 이 시장의 틈새를 찾아서 성공할 것이다."

해일처럼 밀려올 인터넷

인터넷에서 매우 극적인 일이 일어나고 있다는 마이크로소프트의 인식은 사실상 직원들로부터 나왔다. 그래서 그는 마이크로소프트에서 변화의 주체가 되었다. 사람들은 그 메모를 보았고, 그와 비슷한 내용을 담은 다른 메모도 보았다. 우리는 "와, 이건 정말 엄청난 일인데!"라고 말했다.

1995년 5월 26일, 게이츠는 '인터넷 해일'이라는 제목의 이메일을 마이크로소프트 경영진과 그에게 직접 보고하는 직원들에게 보냈다. 이 메모에서 게이츠는 인터넷의 의미와 그것이 마이크로소프트에 미칠 영향에 관해 매우 강렬한 주장을 펼쳤다.

그는 여러 측면에서 옳은 판단을 하고 있었는데, "인터넷은 1981년 IBM PC가 출시된 이래 가장 중요한 발전"이라고 말하면서 인터넷에 '최고 수준의 중요성'을 부여했다. 운영 체제로 널리 알려진 회사로서는 엄청난 변화였다. 그리고 그는 거의 모든 컴퓨터가 인터넷 연결에 사용될 것이라고 믿는다면서 인터넷 사용이 폭발적으로 증가하게 될 것이라는 점에서 재강화 피드백reinforcing feedback●의 개념을 명확하게 이해하고 있었다.

"가장 중요한 것은 인터넷이 콘텐츠를 게시하는 장소로 부트스트랩●●되었다는 것이다. 인터넷은 사용자가 늘어날수록 콘텐츠가 많아지고, 콘텐츠가 많아질수록 사용자가 늘어나는 포지티브 피드백 루프의 혜택을 누리고 있다."

● 최초의 작은 변화가 미래에 더 큰 변화를 가져오는 경우로서 포지티브 피드백이라고도 한다.
●● 한번 시작되면 알아서 진행되는 과정을 뜻하는 컴퓨터 용어.

하지만 그는 인터넷의 일부 측면에 대해서는 완전히 잘못 이해하고 있었다. 그는 HTML이 지배적일 것이라고 예상했지만, 기존의 다른 프로토콜인 FTP, 고퍼Gopher, IRC, 텔넷Telnet, SMTP, NNTP도 계속 사용될 것이라고 판단했다. 1995년 게이츠의 메모가 나온 후 얼마 지나지 않아 컴퓨터 업계 종사자 대부분은 이 여섯 가지 프로토콜 중 네 가지는 사용하지 않게 되었다.

1995년 초에 인터넷을 사용하면서 게이츠가 가장 불편하게 여겼던 점은 무엇이었을까? 그는 구글이 설립되기 전부터 "마이크로소프트 회사 네트워크에서 정보를 찾는 것보다 웹에서 정보를 찾는 것이 더 쉽다"고 말했다. 1995년 인터넷 서핑을 하던 게이츠는 온라인에서 영화 광고용 애플 퀵타임Apple QuickTime 파일과 정부에서도 사용하고 있던 어도비 PDF 파일을 많이 발견했지만, 마이크로소프트 확장자를 가진 파일 형식(예를 들면 워드 문서)은 단 한 개도 발견할 수 없었다.

당시 넷스케이프Netscape가 있었는데, 게이츠는 "윈도우 95 바로가기를 활용할 수 있는 괜찮은 클라이언트(오헤어)를 제공해야 한다"면서 사람들이 마이크로소프트의 대안으로 전환하도록 유도하고 싶어 했다. 하지만 그는 "이것만으로는 사람들이 넷스케이프에서 벗어나게 할 수 없다"고 말했다. 나중에 알려진 사실이지만, 오헤어는 인터넷 익스플로러

Internet Explorer의 첫 번째 버전에 대한 마이크로소프트 내부의 암호명이었다. 또한 그는 우리가 매일 웹에서 보는 HTML 페이지의 대안이 될 블랙버드Blackbird에 대해서도 이야기했다(다만 그는 이미 HTML이 표준이 될 것이라고 인정했다).

게이츠는 구체적인 우려도 언급했다. 이 두려움은 게이츠의 모든 발언에서 공통적으로 드러났다. 마이크로소프트가 시장을 지배하고 있을 때도 그는 회사의 성공이 완전히 보장된다고 믿지 않았다. 그는 인터넷이 본질적으로 인터넷 검색과 같은 제한된 기능만 허용하는 매우 저렴한 제품을 만들어 낼 수 있다고 믿었다.

"인터넷 애호가들 사이에서 논의되고 있는 한 가지 무서운 가능성은 그들이 모여서 웹 브라우징을 할 수 있을 만큼 강력하면서도 PC보다 훨씬 저렴한 무언가를 만들어 내지 않을까 하는 것이다."

게이츠가 훨씬 더 저렴하고, 웹을 사용할 수 있는 PC 대안이 출현할 가능성에 관해 말한 것은 재미있는 일이다. 윈도우 95 기능을 갖춘 범용 컴퓨터는 약 1,000달러부터 판매되고 있었는데, 마이크로 컴퓨팅 초창기의 또 다른 스타 중 한 명인 오라클Oracle 소프트웨어의 CEO이자 공동 창립자인 래리 엘리슨Larry Ellison이 이미 이러한 대안에 관한 아이디어를 내놓은 바 있다.

"내 책상 위에 올려놓을 수 있는 500달러짜리 기기를 원한다. 디스플레이와 메모리는 있지만 하드나 플로피 디스크 드라이브는 없다. 뒷면에는 전원과 네트워크 연결을 위한 포트 두 개만 있다. 네트워크 연결이 완료되면 최신 버전의 운영 체제가 자동으로 다운로드된다. 내 파일은 어딘가에 있는 서버에 저장되어 있고, 매일 밤 돈을 받고 그 일을 하는 사람들이 백업한다."

소비자들은 1995년 게이츠가 두려워했고 엘리슨이 언급했던 것과 유사한 제품을 실제로 보게 되었다. 그러나 18년이 더 지나서야 윈도우를 실행하지 않고, 자동으로 업데이트되며, 클라우드에 정보를 저장하고, 인터넷에 연결할 수 있는 저렴한 수단인 구글 크롬북^{Google Chromebook}이 등장했고 2012년 노트북 도매 시장에서 무시할 수준이었던 점유율이 2013년에는 21퍼센트까지 올라갔다.

윈도우 95는 사용자가 지금의 윈도우를 연상할 수 있는 첫 버전이다. 이 제품은 1995년 8월 24일 세상에 나왔는데, 역사상 가장 크고 화려하게 출시된 제품으로 꼽힌다. 게이츠는 새로운 운영 체제를 소개하기 위해 직접 무대에 올랐고, 사람들이 이 제품 광고를 보지 않기란 거의 불가능할 정도였다. 윈도우 95는 출시 첫해에 4000만 장이 판매되었고, 마이크로소프트는 운영 체제에 최적화된 MS 워드 같은 응용 프로그램도 판매할 수 있었다. 마이크로소프트에게는 매우 수익성이 높은 모험이었으며 1998년에 시작된 재판의 핵심 쟁점이기도 했다.

그럼에도 게이츠는 실패를 두려워했다.

"고객들은 마이크로소프트 운영 체제 소프트웨어의 유일한 공급자인 마이크로소프트가 가격을 올리면 혁신이 둔화되거나 심지어 중단될 수 있다면서 우려를 나타낸다. 하지만 우리가 그렇게 한다면 새 버전을 판매할 수 없을 것이다. 기존 사용자는 업그레이드하지 않을 것이고, 신규 사용자도 확보할 수 없을 것이다. 매출은 감소하고 다른 회사가 들어와 우리의 자리를 차지하게 될 것이다. 긍정적인 피드백 메커니즘은 기존 업체뿐만 아니라 도전자에게도 도움이 된다. 리더는 항상 경쟁자가 뒤에서 따라 올라오기 때문에 현실에 안주할 수 없다."

최종 결정권자로서의
게이츠

BILL GATES

마이크로소프트의 애플 투자

1997년 8월 6일, 게이츠가 마이크로소프트 CEO로 수십 년간 재임하는 동안 잡스는 자신이 공동 창업한 회사에서 쫓겨난 상태였다. 잡스는 1985년부터 1996년까지 애플에서 완전히 퇴출된 상태였는데, 이제 애플은 잡스가 설립한 두 번째 컴퓨터 회사인 넥스트를 인수하기에 이르렀다. 당시 잡스는 임시 CEO로 애플의 경영을 다시 맡았지만, 애플은 재정적으로 어려운 상황에 처해 있었다.

1990년대 후반 마이크로소프트의 운명을 결정지을 반독점 재판을 앞둔 상황에서 사람들이 상상할 수 없는 일이 벌어졌다. 마이크로소프트가 현금이 절실히 필요했던 애플에 투자를 단행키로 한 것이다.

마이크로소프트가 이미 법적인 제재를 받는 상황에서 애플로부터 제소당한 과거를 덮어 두고 애플을 지원한다는 사실을 알리는 행사가 열렸는데, 잡스가 무대 위에 서고 대형 스크린에 게이츠의 얼굴이 비치면서 이 행사의 상징성이 사람들에게 깊이 각인되었다.

잡스는 맥월드 보스턴^{Macworld Boston} 무대에서 마이크로소프트와의 법적 분쟁을 종식하고 파트너십을 맺는다는 발표를 했다. 그리고 1984년 잡스가 만든 기념비적인 광고를 연상시키는 섬뜩한 움직임 속에 위성으로 생중계된 게이츠의 이미지가 행사장을 가득 채웠는데, 어느 모로 보나 그의 얼굴은 그 자리와 전혀 어울리지 않는 지배자의 모습이었다. 사람들은 그가 연설할 때 야유를 보냈다. 결과적으로 이 거래는 좋은 일이었지만 그 상징성은 재앙과도 같았다.

여기서 말하는 1984년 광고는 1984년 슈퍼볼^{Super Bowl} 기간에 상영된 것이었다. 이 광고는 조지 오웰의 동명 소설을 패러디한 것으로, 그 주에 출시할 맥이 일종의 혁명을 일으킬 것이라는 상징적인 의미를 담고 있었다. 애플과 마이크로소프트의 최근 불편한 관계를 반영하듯, 맥월드 보스턴에 모인 애플 팬들은 게이츠가 애플에 소프트웨어와 기술 지원을 제공하고 재정적 고통을 덜어 주기 위해 1억 5000만 달러의 의결

권이 없는 주식에 투자하겠다고 발표하는 동안에도 야유를 보냈다.

마이크로소프트가 행한 모든 조치는 단순히 마이크로소프트 제품의 잠재적 시장을 확대하기 위한 것으로 보이지만, 애플에 대한 투자가 당시 마이크로소프트가 방어하고 있던 반독점 소송과 직접적인 연관이 있다고 보는 시각도 있었다. 특히 '의결권이 없는' 주식 부분은 비슷한 제품을 만드는 회사에 대해 아무런 영향력을 행사하지 않는다는 의미를 부여하려는 의도로 고안되었을 가능성이 있었다.

잡스와 게이츠의 공동 동영상 발표는 경쟁사를 직접적으로 해치려는 시도라기보다는 윈도우 운영 체제 경쟁사와의 협력 관계를 보여 준다. 이 발표는 미국 정부가 마이크로소프트에 대한 두 번째 연방 반독점 소송이자 대중에게 널리 알려진 소송을 제기하기 두 달 전에 이루어졌으며, 게이츠는 다가오는 마이크로소프트 주주 총회에서도 여러 측면에서 회사를 변호해야 했다.

주주 총회에서의 게이츠

1997년 11월 14일이었다. 마이크로소프트의 연례 주주 총회가 열리는 날이었는데, 정부는 이미 마이크로소프트가 1995년에 체결한 화해 조서를 위반했다며 법원에 소송을 제기한 상태였다. 그리고 랠프 네이더^{Ralph} Nader는 마침 같은 날짜에 전국에서 반마이크로소프트 기자 회견을 개최하기로 예정되어 있었다. 게이츠는 기술에 관한 흥미로운 주제 외에 비즈니스상의 위협에 대해서도 설명해야 했다.

그는 인터넷이 얼마나 빠르게 변하는지 설명하면서 매년 급진적인 변화가 일어날 것이라고 말했다. 그는 "오늘날 개인용 컴퓨터 사용은 여전히 우리가 원하는 것보다 답답하고 복잡하다. 그리고 사람들은 그들의 개인용 컴퓨터로 점점 더 많은 일을 하려고 한다"라면서 여전히 컴퓨터를 사용할 때 너무 복잡하다고 이야기했다.

그는 인터넷이 널리 보급된 시대에 기술이 어떻게 사용되는지에 관해 이야기하기 위해 만들어진 은유인 디지털 신경계^{Digital Nervous System}를 언급했다. 그리고 디지털 신경계는 1999년 게이츠가 이 주제에 관한 책 《빌 게이츠 @ 생각의 속도^{Business @ The Speed of Thought}》를 출간하면서 훨씬 더 널리 알려지게 된다.

"이 용어는 오늘날 정보화 시대의 모든 기업이 어떻게 하면 인터넷에 연결된 개인용 컴퓨터를 가장 잘 활용하여 회사 내부의 정보 유통 방식, 영업 계획 및 직원 관리와 같은 표준 절차, 프로젝트 지연이나 경쟁사의 강력한 신제품 출시와 같은 돌발 상황에 대처하는 방식을 혁신할 수 있을지 고민해야 한다는 아이디어를 설명하기 위해 고안한 것이다."

그는 다른 대기업 세 곳, 즉 IBM, 오라클, 썬이 마이크로소프트의 주도권에 맞서 어떻게 협력하고 있는지에 대해서도 이야기했다. 그는 네이더의 회견이 여론의 법정에서 마이크로소프트에 타격을 주기 위해 경쟁업체들이 자금을 지원한 것이라고 생각했으며, 회사가 어떻게 브라우저 기술을 윈도우에 포함시키기로 결정했는지 명확히 밝히고 싶어 했다.

"브라우저 기술을 운영 체제에 도입하기로 한 결정은 사실 넷스케이프가 설립되기 이전부터 내려진 것이다. 경쟁 구도를 고려해서 내린 결정이 아니었다. 통합 기능을 운영 체제에 넣는 것은 자연스러운 과정이었을 뿐이다. 그리고 이러한 통합 기능을 계속 제공할 우리의 권리는 해당 기능이 이전에 별도로 제공되었는지 여부와 무관하다."

해당 아이디어가 "넷스케이프 설립 이전부터 있었다"는 그의 주장에 관해서는 논쟁의 여지가 있다. 게이츠는 디지털 신경계에 관한 그의 저서에서 이렇게 말했다.

"1994년 4월 6일, 첫 번째 휴가 이후 직원들에게 이메일을 보내 '우리는 인터넷에 큰 베팅을 할 것이다'라고 말했다."

모자이크 커뮤니케이션스Mosaic Communications Corporation는 1994년 4월 4일에 설립되었으며, 1994년 11월 14일에 넷스케이프로 이름이 변경되었는데, 대부분의 직원이 과거 NCSA에서 작업했던 웹 브라우저의 이름이 '모자이크'였기 때문이었다. 따라서 넷스케이프의 설립 시기는 불분명하지만, 이 회사가 NCSA에서 직원들을 고용한 것은 마이크로소프트가 브라우저 기술을 운영 체제에 도입하기로 결정한 것보다 앞선 것은 분명하다.

인터넷과 브라우저 없는 운영 체제 출시에 대해 한시도 경계심을 늦추지 않았던 그는 다음과 같이 말했다.

"브라우저가 없는 운영 체제가 등장하면 우리 사업은 망할 것이다. 제품을 개선해야 할까, 아니면 회사 문을 닫아야 할까?"

게이츠는 회사의 의사 결정에 대한 확고한 통제권을 가지고 있었는데, 이로 인해 기회를 놓치는 경우가 많았다. 한 예로 엔지니어 팀이 개발한 전자책 단말기를 들 수 있다. 이 제품을 개발한 팀은 10년 뒤에 명백해진 수요를 충족시킬 수 있는 이 제품을 CEO가 아주 좋아할 것이라고 생각했다. 그렇다. 마이크로소프트 엔지니어들은 2007년 아마존 Amazon에서 킨들 Kindle이 처음 출시되기 9년 전에 사실상 킨들과 유사한 제품을 선보였다. 하지만 게이츠는 전자책 단말기 인터페이스가 윈도우처럼 보이지 않는다는 이유로 이 프로젝트를 폐기했다.

프로젝트에 참여한 한 프로그래머는 "그는 사용자 인터페이스가 윈도우처럼 보이지 않아서 마음에 들어 하지 않았다"고 회상했다. 하지만 팀원들은 윈도우가 전자책에 전혀 적합하지 않다는 데 의견을 같이했다.

요점은 오직 책 한 권만이 전체 화면에 표시되도록 하는 것이었다. 실제 책에는 마이크로소프트 윈도우의 이미지가 떠다니지 않는데, 이를 전자책에 넣으면 소비자 경험을 저해할 뿐이었다.

지적 재산권 보호

20년 이상 마이크로소프트의 지적 재산권을 보호하기 위해 적극적으로 싸워 온 게이츠는 세상이 빠르게 변화하고 있음을 인식하고 있었다. 미국을 비롯한 선진국에서는 이미 컴퓨터와 인터넷 사용이 널리 보편화됐지만, 다른 지역에서는 여전히 엄청난 성장의 기회들이 있었다.

게이츠는 이런 지역이 개인과 기업이 소프트웨어를 개발한 회사에 돈을 내지 않고 소프트웨어 복제가 횡행했던 1970년대와 1980년대 초 미국의 소프트웨어 산업과 같은 상황일 수 있음을 깨달았다. 일부 국가에서 급격히 늘고 있는 마이크로소프트 소프트웨어 무단 복제가 미국에서와 마찬가지로 하나의 표준을 정립하는 데 도움이 될 수 있다는 것이었다. 그리고 표준이 확립된다는 것은 앞으로 더 많은 개인과 기업이 마이크로소프트 제품에 의존하게 된다는 의미이기도 했다.

"중국에서 컴퓨터가 매년 약 300만 대 팔리지만 사람들은 소프트웨어 비용을 지불하지 않는다. 하지만 언젠가는 그렇게 될 것이다. 그들이 훔칠 것이라면 우리 것을 훔치길 바란다. 그들은 일종의 중독에 빠지게 될 것이고, 그러면 우리는 향후 10년 안에 어떻게든 돈을 받아 낼 방법을 찾게 될 것이다."

마이크로소프트는 국내외에서 지적 재산 보호를 위한 노력을 계속하고 있다. 이 회사는 현재 기업을 대상으로 하는 소프트웨어 자산 관리SAM 운동에서 지적 재산에 대한 설명을 제공하고 있다. 그리고 소프트웨어와 같은 무형 자산(특허, 저작권, 상표)을 포함하는 지적 재산의 유형이 있음을 증명하고 소프트웨어가 저작권에 의해 보호받는다고 강조한다.

게이츠가 오랫동안 주장해 온 것처럼 SAM에 대한 이 회사의 문서에 따르면 지적 재산권은 저자와 발명가가 해당 항목을 만들 유인을 제공할 수 있을 만큼 강력해야 하며, 다른 사람의 저작물을 제한된 방식으로 사용하도록 해야만 다른 사람들이 지식을 성장시키고 확장할 수 있다고 말한다. 세계 무역 기구WTO는 현재 전 세계 대부분의 국가가 서명한 무역 관련 지적 재산권에 관한 협정TRIPS을 관장한다. 마이크로소프트는 또한 비정품 버전에 있을 수 있는 멀웨어malware●나 바이러스 같은 다양한 형태의 보안 침해를 포함하여 고의적으로 또는 무의식적으로 비정품 소프트웨어를 사용하는 회사가 처할 수 있는 위험에 대해 설명한다. 중

● 사용자의 이익에 반해 시스템을 파괴하거나 정보를 유출하는 등 악의적인 작업을 하도록 만들어진 소프트웨어.

국이 2001년에 TRIPS 협정에 서명함으로써 이론적으로는 게이츠가 마이크로소프트의 지적 재산을 보호하려는 여정을 끝냈다. 게이츠는 미국에서 법적인 승리를 거뒀을 뿐만 아니라 과거 그가 비정품 소프트웨어 유포를 용인했던 국가들도 지적 재산을 글로벌 차원에서 보호하기 시작했다.

마이크로소프트에서 벗어나는 길

게이츠는 어느새 23년 동안 마이크로소프트의 CEO로 재직하고 있었고, 자신이 CEO를 그만두는 날에 대해 이야기하기 시작했다. 마이크로소프트에 대한 미국 법무부의 소송이 시작되기 전인 1998년 중반, 게이츠는 워싱턴 대학교에서 열린 타운 홀 행사에서 자신의 미래에 대한 힌트를 제공했다.

"아마도 지금부터 10년 정도 후에는, 물론 이것이 내 직업이기 때문에 여전히 마이크로소프트에 전적으로 관여할 테지만, 다른 사람을 CEO로 뽑을 것 같다. 다음 사람을 고르는 것은 내가 많이 고민하는 부분이지만, 아마 5년은 지나야 구체적으로 결정할 수 있을 것 같다. 돌발 상황에 대비한 비상 계획도 있다."

게이츠는 앨런이 회사를 떠난 이후 자신에게 아이디어와 피드백을 제공하는 사람으로 한 명에 대해서만 언급해 왔다. 조직에서 몇 가지 실패를 겪기 했어도 발머가 바로 그런 사람이었다. 그는 게이츠와 브레인스토밍을 하고 게이츠가 과로하지 않도록 시간을 배분하는 방식에 의문을 제기하는 데는 능숙했지만 항상 2인자였다. 발머의 생각과 상관없이 항상 의사 결정권자는 게이츠였다. 발머가 현재의 직책에서 더 높은 자리로 이동할 경우 여전히 게이츠의 의사를 따라야 할 수도 있고 그렇지 않을 수도 있었다.

"이것은 경이로운 비즈니스 파트너십이다. 발머와 함께 브레인스토밍하는 게 재미있지 않았다면 지금처럼 즐겁게 일할 수 없었을 것이다. 그리고 회사에 있는 사람들은 모두 우리가 매우 긴밀하게 협력하고 있으며 우리가 가고자 하는 방향에 대해 매우 공통된 견해를 가지고 있다는 것을 이해하고 있다. 외부에서는 회사를 한 사람과 동일시하는 경향이 있다. 나는 발머에게 내 달력을 보라고 한다. 1년에 적어도 열 번은 하는 대화이다. '다시 과부하가 걸린 것 같아. 내가 시간을 제대로 쓰고 있는지 모르겠어.' 그러면 발머는 내 달력을 훑어보고서 '이 연설을 꼭 해야 했을까? 이 사람들을 꼭 만나야 했을까?'라고 묻는다.

발머는 자신이 유명세나 명예, 최종 결정권을 갖지 못할 것이라는 사실을 받아들였다. 그리고 나는 '결정을 내리는 과정에서' 발머에게 더 하고 싶은 말이 있느냐고 자주 물었다. 하지만 최종 결정은 내가 내려야 했다."

1998년 타운 홀 행사로부터 5년이 지나면 2003년이고, 10년이 지나면 2008년이다. 게이츠는 2년이 채 지나지 않은 2000년 1월, 반독점 소송에서 최종 판결이 내려지기 전에 CEO 자리를 내려놓았고, 2008년에 마이크로소프트 상근직을 그만두게 된다. 실제로 게이츠는 이듬해인 1999년에 발머에게 CEO 자리를 맡아 달라고 요청했지만, 승계는 2000년에 이루어졌다. 게이츠는 발머에게 CEO를 맡아 달라고 구체적으로 요청했다. 하지만 게이츠가 CEO에서 회장 겸 최고 소프트웨어 개발자로 역할을 전환하는 데는 여러 가지 어려움이 예상되었다.

"게이츠는 1999년에 나에게 CEO가 되어 달라고 요청했고 나는 '정말 내가 CEO가 되길 원해? 원한다면 그렇게 할게. 하지만 네가 여전히 CEO이고 싶다면 내게 CEO가 되라고 요청하지 마'라고 말했다. 그러자 게이츠는 '아니야, 정말로 네가 CEO가 되길 원해'라고 대답했다. 그리고 우리는 모두 무엇을 어떻게 다르게 해야 할지 몰랐다. 아마도 그는 아무것도 바꾸지 않으려고 너무 노력했고, 나는 모든 것을 바꾸려고 너무 노력했던 것 같다. 그게 바로 우리가 거쳐야 했던 과도기였다."

PART 4

마이크로소프트
재판

화해 조서,
그리고 소송

BILL GATES

마이크로소프트와 게이츠는 왜 성공했는가

게이츠와 마이크로소프트는 다양한 경제적 개념으로 설명되는 이점
이 있었다. 이 회사는 알테어용 베이식을 최초로 생산함으로써 선발 주
자로서의 혜택을 누렸다. 이 회사는 창립 당시 처음 등장한 일반 소비자
용 컴퓨터에서 사용 가능한 프로그래밍 언어를 보유하고 있었기 때문이
다. 선발 기업이 재정적 혹은 구조적 문제에 부딪히지 않는 한 경쟁자가
추월하기란 쉽지 않기 때문에 특정 분야에서 선발 기업이 되는 것이 유
리하다. 그리고 마이크로소프트가 프로그래밍 언어뿐 아니라 운영 체제

를 개발하고 판매하면서 선발 주자로서의 이점은 더욱 공고해졌다. 한 컴퓨터에서 여러 프로그래밍 언어가 사용될 수 있지만, 대부분의 컴퓨터는 윈도우 같은 기본 운영 체제 하나만 제공되기 때문이다.

MS-DOS는 IBM 및 IBM 호환 PC에서 선발 주자로서의 혜택을 누렸다. 1970년대 후반부터 1980년대 중반까지 만들어진 거의 모든 컴퓨터에 베이식 버전이 탑재되었고, 마이크로소프트의 소프트웨어는 어떻게든 시장 점유율이 가장 높은 기기와 연결될 수밖에 없었다. 이는 피할 수 없는 결론이었다. 이후 IBM용 OS/2를 개발하는 동시에 윈도우가 추가되면서 일반 가정에서 인텔 기반 프로세서를 사용하는 컴퓨터는 마이크로소프트가 개발한 운영 체제를 실행하게 되었다. 마이크로소프트는 가정용 컴퓨터 운영 체제 시장의 90퍼센트 이상을 점유하게 되었다.

마이크로소프트의 제품은 선발 주자로서의 이점을 뛰어넘어 표준을 설정했다. 초기 IBM 컴퓨터 운영 체제에서 상업적으로 실행 가능한 다른 대안이 없었기 때문에 모두가 마이크로소프트의 운영 체제를 구매해야 했다. 나중에 보게 되겠지만 마이크로소프트는 자신이 설정한 표준에 도전하는 경쟁이 있을 수 있다는 사실을 깨닫기 시작했다. 그 결과 '프로세서 하나에 라이선스 하나per-processor license'라는 정책을 도입했고, 이는 훗날 법적인 분쟁을 거쳐 화해 조서consent decree가 만들어지는 원인을 제공했다. 이 화해 조서는 컴퓨터 제조업체(OEM 또는 주문자 상표 부착 생산업체)가 다른 운영 체제가 설치되어 있더라도 제작 및 판매하는 모든 컴퓨터에 대해 마이크로소프트 운영 체제 라이선스를 구매하도록 하는 계약을 개발했기 때문에 나온 것이었다. 이러한 방식으로 마이크로소프트가 선발 주자로서의 우위를 방어하지 못하도록 하는 것이 1994~1995년 화해 조서의 핵심이었다.

플랫폼 승자가 결정되면 항상 마이크로소프트가 그 승자와 함께 있었다. 지금은 어디에나 있는 마이크로소프트 운영 체제 외에 마이크로소프트 애플리케이션이 다양한 환경에서 사용되었다. 그리고 마이크로소프트 윈도우에 익숙해진 사람이 늘어날수록 그 운영 체제를 탑재한 기기도 더 많이 보급되었다. 이런 선순환 구조에서는 새로 유입된 사용자가 늘어날수록 마이크로소프트 사용자가 늘어났다. 이 같은 네트워크 효과는 지금도 어느 정도 강화되고 있다. 새로운 사용자는 전보다 더 많은 가치를 창출하는 경향이 있는데, 이 가치들은 어떤 형태이건 연결되기만 하면 생겨났다. 인터넷의 보급도 선순환의 고리였다.

다양한 컴퓨터에서 사용되는 언어와 운영 체제를 개발하고, 성공적인 플랫폼에서 응용 프로그램을 개발한 마이크로소프트는 경로 의존성을 통해 회사의 성공을 확고하게 지켰다. 비유로든 실제로든 어떤 경로에 깊이 빠져들면 경로를 바꾸는 것이 정말 어려울 수 있다. 상업용 및 가정용 컴퓨터 사용자가 윈도우와 마이크로소프 오피스에 익숙해지면 다른 운영 체제 및 애플리케이션으로 바꿀 유인이 거의 사라진다. 파일 형식이 특정 애플리케이션이나 운영 체제에 기반한 경우, 이전에 만든 파일이 새 시스템과 호환되지 않을 수 있다는 점도 변화를 주저하게 만드는 요인이다. 따라서 사용자는 시간과 돈이 모두 들어가는 전환 비용을 최소화하기 위해 같은 시스템을 계속 사용하기 마련이다.

소프트웨어 개발에는 비용이 들어간다. 초기 버전 베이식의 경우 당시 컴퓨터의 한계로 인해 소프트웨어의 크기가 작았지만 게이츠는 '애호가들에게 보내는 공개편지'에서 소프트웨어 개발에 4만 달러(1975년 기준)를 지출했다고 언급한 바 있다. 실제로 알테어 베이식 첫 번째 버전은 컴퓨터 칩의 한계 때문에 4,000자도 안 되는 분량이었다. 이제 주요 소프트웨어 개발에는 수억 달러가 들어가기도 하는데 마이크로소프트는 윈도우 95 광고에만 3억 달러를 지출한 것으로 알려져 있다. 수익성을 유지하기 위해 마이크로소프트는 다음과 같이 해야 했다.

1. 소비자가 업그레이드할 가치가 있다고 생각하는 제품을 만든다. 게이츠는 마이크로소프트가 '혁신'에 대한 대가를 받는다고 말했는데, 소

비자는 원한다면 10년 된 컴퓨터를 업그레이드하지 않고 사용할 수도 있다.

2. 모든 신제품/운영 체제를 개발하고 광고하는 데 들어간 비용을 충당할 수 있을 만큼 충분히 판매한다. 알테어 기본 버전에서와 마찬가지로 마이크로소프트는 소프트웨어 개발, 광고, 판매용 사본 제작에 대한 투자를 충당하려면 소프트웨어 사본을 충분히 판매해야 했다. 이 때문에 첫해에 전체 알테어 사용자 가운데 실제로 제품을 구매한 사람이 10퍼센트도 되지 않았다는 사실에 그는 분노했다.

3. 개발, 광고, 패키징(또는 다운로드) 비용을 충당하기에 충분할 만큼 소프트웨어 사본을 판매하지 못하면 그 제품은 손해를 보게 된다. 그리고 마이크로소프트 제품 중에서도 수익성이 떨어진 사례가 여럿 있다. 1995년 이후 나온 마이크로소프트 밥(Bob), 윈도우 미(Me), 윈도우 CE 등은 사용자가 구매했더라도 잊어버렸을 가능성이 높다.

4. 개발 비용, 광고 비용, 신제품 포장/배송 비용을 충당할 수 있을 만큼 충분히 많은 제품을 판매한 후에야 회사는 수익을 창출하기 시작한다. 이 손익 분기점은 소프트웨어 회사가 존속하기 위해 넘어야 할 지점

이며, 이 지점 이후에 판매되는 소프트웨어 신규 사본은 거의 전액 수익이 된다. 예를 들어, 99달러짜리 소프트웨어의 추가 라이선스가 3달러짜리 패키지 DVD에 담겨 판매되면 96달러의 수익이 발생하며, 제품을 다운로드 형태로 판매할 경우 회사는 더 많은 수익을 얻을 수 있다. 소프트웨어의 첫 번째 사본을 판매하고 나면 한계 수익이 한계 비용을 훨씬 초과한다.

수익성 있는 기업은 가치를 창출한다. 마이크로소프트의 경우 초창기 알테어 베이식에서 수익성 부족을 겪은 적이 있지만, 그 이후로는 모든 비용을 수익으로 충분히 충당하고 있다. 아이템이 어떻게 조합되었는지에 따라 부가 가치가 창출되기도 한다. 대부분의 사용자에게 컴퓨터 부품과 일부 소프트웨어가 들어 있는 상자는 가치가 별로 없지만, 컴퓨터 제조업체는 이 모든 부품을 조립해 가치를 창출한다.

마이크로소프트는 수직 통합의 길을 걸었다. 처음에는 프로그래밍 언어로 시작했지만 운영 체제, 응용 프로그램, 유틸리티로 발전해 나갔다. 마이크로소프트는 컴퓨터의 물리적 구성 요소를 제외한 모든 것을 개발했고 물리적 하드웨어를 만들기도 했는데, 윈도우 95와 인터넷 익스플로러 등 모든 소프트웨어와의 긴밀한 통합이 반독점 소송을 야기했다.

게이츠와 마이크로소프트가 정부 규제 당국으로부터 절대 듣고 싶지 않은 단어가 하나 있었다. '독점'과 '반독점'이라는 단어였는데, 후자는 정부가 독점을 규제하는 방식에 관한 용어였다. 1890년에 제정된 셔먼 반독점법은 1997년 말부터 2002년까지 윈도우 98, 윈도우 2000, 윈도우 XP 같은 인기 제품이 출시될 때마다 거의 모든 언론이 마이크로소프트에 관해 보도하는 태도에 영향을 미쳤다.

첫 번째 화해 조서

미국 법무부와 마이크로소프트의 재판을 살펴볼 때 염두에 두어야 할 점은 한 건의 재판을 훨씬 뛰어넘는다는 것이다. 사건은 재판이 열리기 몇 년 전부터 시작되었고, 재판의 여파도 몇 년 동안 지속되었다. 마이크로소프트와 게이츠는 소송에서 완벽하게 빠져나갈 기회가 여러 번 있었으며, 게이츠의 말과 행동은 대중과 판사의 인식에 영향을 미쳤다.

마이크로소프트는 1990년대 초부터 조사를 받았는데, 1994년 법무부와 화해 조서에 동의했다. 화해 조서는 두 당사자(이 경우 법무부와 마이크로소프트) 간의 법적 구속력이 있는 문서로, 피고(마이크로소프트) 측은 법무부가 다양한 경쟁 관련 법률에 따라 허용되지 않는다고 판단한 특정 행위들을 하지 않는다고 명시한다. 화해 조서는 양 당사자가 판사의

승인을 받아 재판 없이, 그리고 일반적으로 피고(이 경우 마이크로소프트)
가 위법 행위를 했다는 사실을 인정하지 않은 채 위법 행위를 중단하기
위한 합의 방식이다. 사실상 화해 조서는 앞으로 하지 말아야 할 항목을
나열한 목록이다. 화해 조서가 위반되면 원고(법무부)는 마이크로소프트
를 상대로 소송을 새로 시작할 수 있다.

초기 화해 조서는 이 사건을 맡은 첫 번째 판사인 스탠리 스포킨^{Stanley}
^{Sporkin}의 승인을 받지 못해 거의 1년이 지난 뒤 발효되었다.

"이 반독점 문제는 사그라질 것이다. 우리는 사업 관행을 전혀 바꾸지
않았다." 1995년 7월 11일 게이츠가 한 말이다. 이 발언은 나중에 반독
점 재판에서 증거로 인정됐다.

마이크로소프트에 대한 첫 번째 화해 조서는 1995년 8월 21일 토마스
펜필드 잭슨^{Thomas Penfield Jackson} 미국 연방 지방 법원 판사에 의해 승인되
었으며 이후 6년 반 동안 효력이 유지되었다. 《뉴욕 타임스》에 따르면
잭슨 판사는 마이크로소프트가 거의 5년 동안 조사를 받았기 때문에 사
법 검토 절차를 신속하게 끝낼 준비가 되어 있다고 말했다.

마이크로소프트의 변호인들은 화해 조서의 발효 시점을 스포킨 판사
가 승인을 거부하기에 앞서 마이크로소프트가 화해 조서를 받아들일 의
사를 밝힌 시점으로 소급해야 한다고 주장했다. 잭슨 판사는 이 주장을

받아들이지 않았고, 결국 마이크로소프트는 화해 조서의 효력이 만료되기 훨씬 전에 법정으로 돌아오게 되었다.

첫 번째 화해 조서가 발표될 당시 전문가들은 마이크로소프트가 프로세서당 라이선스 비용을 부과하지 못하도록 하는 것이 가장 중요한 부분이라고 생각했다. 프로세서당 라이선스는 컴퓨터 제조업체가 마이크로소프트의 소프트웨어가 설치되지 않은 컴퓨터에 대해서도 마이크로소프트에 비용을 내야 한다는 것이었다.

1994년 7월, 마이크로소프트와 법무부는 합의에 도달했다. 화해 조서의 주요 내용은 개인용 컴퓨터 제조업체가 특정 마이크로프로세서 모델과 함께 출하되는 각 컴퓨터에 대해 마이크로소프트의 운영 소프트웨어가 탑재되지 않았더라도 라이선스 비용을 지급하는 데 동의하는 마이크로소프트의 프로세서당 라이선스 계약 관행을 종식시키는 것이었다. 경쟁사들은 이 관행이 소프트웨어 시장의 경쟁을 위축시켰다고 말했다.

잭슨 판사가 승인한 날짜는 1995년 8월 21일이었다. 앞서 마이크로소프트는 수락했지만 스포킨 판사가 거부함으로써 법률 검토 상태에 묶여 있었던 화해 조서에는 다음과 같은 조항이 포함되어 있었다.

E. 마이크로소프트는 다음을 명시적 또는 묵시적 조건으로 하는 어떠

한 라이선스 계약도 [OEM과] 체결해서는 안 된다.

(i) 기타 적용 대상 제품, 운영 체제 소프트웨어 제품 또는 기타 제품의 라이선스(단, 이 조항 자체가 마이크로소프트가 통합 제품을 개발하는 것을 금지하는 것으로 해석되어서는 안 된다).

윈도우 95 운영 체제는 정확히 3일 후인 1995년 8월 24일 출시되었다. 이 운영 체제에는 '인터넷 익스플로러(이전 코드명 오헤어)'라는 제품이 포함되어 있었는데, 이것은 게이츠가 쓴 '인터넷 해일' 메모에 고객들이 넷스케이프에서 전환하도록 설득하기 위한 제품으로 나와 있었다. 놀랍게도 당시에는 이 제품이 화해 조서에 따라 금지되는 '적용 대상 제품'인지 허용되는 '통합 제품'인지에 대한 우려는 거의 없었다. 사람들은 이 조항이 당시 마이크로소프트 제품이 없는 컴퓨터에 프로세서당 과금하는 것을 막는 일보다 훨씬 덜 중요하다고 생각했기 때문이었다.

1997년 10월 20일

정부는 2년간 마이크로소프트가 인터넷 익스플로러 3.0에 대한 라이선스를 요구하고, 인터넷 익스플로러 4를 준비하는 과정을 지켜본 다음 이 제품이 통합된 제품이 아닐 수 있다는 결론을 내렸다. 1997년 10월

20일은 미국 정부가 화해 조서를 위반한 혐의로 마이크로소프트를 상대로 법정 모독 소송을 제기한 날이다. 사람들은 첫 화해 조서에서 가장 중요한 부분이 다른 운영 체제와 함께 제공되는 컴퓨터에 대해 마이크로소프트가 윈도우 비용을 청구하지 못하도록 한 부분이라고 생각했지만 틀린 것으로 판명되었다.

웹 브라우저로 취급되던 것을 컴퓨터에 추가한 것이 왜 중요한 사건으로 여겨졌을까? 인터넷 초창기에는 인터넷 속도가 느렸다. 인터넷이 컴퓨팅에 혁명을 일으킬 수 있다는 사실을 알았던 마이크로소프트는 새로 출시되는 윈도우에 인터넷 익스플로러를 포함시켰다. 동시에 컴퓨터 제조업체(OEM)가 제품을 판매할 때 윈도우에 다른 웹 브라우저를 포함시키지 못하도록 했다.

오늘날에는 사용자가 온라인에 접속해 다른 브라우저를 금방 다운로드하고 다른 프로그램과 마찬가지로 인터넷 익스플로러를 제거할 수 있으므로 이 문제가 대수롭지 않게 보일 수 있다. 하지만 당시로선 간단치 않은 문제였다. 1998년에는 인터넷 속도가 지금보다 훨씬 느렸기 때문에 긴 시간을 들여 다운로드하거나 상점에서 대체 웹 브라우저를 사서 설치하는 방법밖에 없었다. 그리고 컴퓨터 전문가들이 인터넷 익스플로러를 제거하는 방법을 알아내긴 했지만, 인터넷 익스플로러를 제거할 수 있는 방법이 일반에 널리 공개되어 있지 않았다. 여기에 마이크로소프트가 인터넷 익스플로러에 유리하도록 윈도우 운영 체제를 변경했다는 의혹까지 제기됐고, 마이크로소프트는 화해 조서를 어기고 경쟁을 위축시켰다는 이유로 미국 정부와 20개 주로부터 독점 금지법 위반 소송을 당했다. 재판에서 나온 증언은 마이크로소프트의 행위가 넷스케이프를 넘어 훨씬 많은 기업에 피해를 입혔을 수 있음을 보여 주었다.

경쟁업체들이 대개 웹 브라우저에 요금을 부과하던 시절에 마이크로소프트의 제품은 윈도우에 무료로 포함되었다. 마이크로소프트가 넷스케이프 네비게이터의 기능을 거의 그대로 반영한 무료 버전을 제공함으로써 경쟁사를 제거하려 했다고 강하게 비난하는 사람들도 있었다.

마이크로소프트의 윈도우 사용자 인터페이스 그룹 프로그램 관리자인 조 벨피오레Joe Belfiore는 1998년 법무부의 소송을 대비해 〈인터넷 표준과 운영 체제-통합이 타당한 이유〉라는 문건을 작성했다. 이 문건에서 그는 게이츠의 인터넷 해일 메모에서 암호명 오헤어가 실제로 무엇을 가리키는 것이었는지 설명했다.

처음부터 마이크로소프트는 윈도우 95가 인터넷을 포함해 최대한 광범위하게 네트워크를 지원하도록 한다는 의도였다. 그래서 암호명 '시카고Chicago'로 명명된 윈도우 95의 개발에는 시카고에서 먼 곳으로 떠나는 출발점인 암호명 '오헤어'* 로 명명된 다양한 인터넷 관련 기술에 대한 작업이 포함되었다. 이러한 기술은 나중에 '인터넷 익스플로러'라는 이름으로 불렸고, 2년 반 전에 컴퓨터 제조업체에 제공된 윈도우 95의 첫 번째 버전에 인터넷 익스플로러 1.0이 통합 요소로 포함되었다.

그래서 시카고에서 가장 큰 공항의 이름을 딴 오헤어는 사용자들을 시카고(윈도우 95) 안에 있으면서도 시카고에서 멀리 떨어진 곳까지 데려다주는 인터넷 익스플로러의 첫 번째 버전이 되었다. 벨피오레는 인터넷 익스플로러가 실제로 두 가지 역할을 수행했다고 이야기했다.

인터넷 익스플로러를 단순히 웹 브라우저 애플리케이션으로 여길 수도 있지만, 틀린 생각이다. 사실 인터넷 익스플로러는 두 가지를 가리킨다.

1. 모든 소프트웨어 공급업체가 애플리케이션이 인터넷 표준을 지원하도록 만드는 데 사용할 수 있는 일련의 플랫폼 기술
2. 모든 소비자가 인터넷 또는 기타 인터넷 표준 기반 네트워크에서 웹 사이트를 볼 때 사용할 수 있는 사용자 인터페이스

● 오헤어는 시카고에 있는 국제공항 이름이다. 제2차 세계 대전 당시 태평양 전쟁에서 크게 활약하다 전사한 미 해군 전투기 조종사 '에드워드 오헤어' 소령을 기리는 의미에서 붙여진 이름이다.

이 두 가지 중 첫 번째인 플랫폼 기술은 마이크로소프트가 누구나 사용할 수 있도록 윈도우의 기본 요소로 만든 툴바에 대한 지원과 같은 방식으로 작동한다. 모든 소프트웨어 개발자들이 인터넷 표준을 처리하기 위한 컴퓨터 코드를 구현하는 작업을 수행할 별도의 팀을 구성하도록 하는 대신, 마이크로소프트는 코드를 한 번 작성하여 누구나 사용할 수 있도록 만들었다. 이는 엄청나게 효율적이며 소프트웨어 개발자들이 인터넷 표준을 처리하는 데 필요한 낮은 수준의 작업에 시간을 쏟는 대신 매력적인 새 기능을 제품에 추가하는 데 에너지를 집중할 수 있게 해 준다.

이 같은 진술에 대해 제기할 수 있는 질문은 인터넷에 연결하기 위해 해당 기술을 사용할 '수도' 있는 것인지, 아니면 '반드시' 사용해야 하는지다. 만약 마이크로소프트에서 출시한 다른 제품을 포함한 모든 제품이 인터넷에 연결하기 위해 해당 플랫폼 기술을 사용해야 한다면, 이 플랫폼 기술이 진정으로 통합된 것이라고 주장하기가 더 쉬울 것이다. 하지만 다른 소프트웨어 공급업체가 해당 기술을 사용할 수 있고 윈도우 운영 체제가 인터넷 익스플로러 없이도 인터넷에 연결할 수 있다면 해당 제품은 통합된 것으로 볼 수 없으므로 화해 조서를 어긴 것이 된다. 윈도우가 인터넷 익스플로러 없이도 실행될 수 있는지는 재판에서 주요 쟁점이 되었고, 벨피오레는 증인으로 소환되었다.

표준을 설정하면 다른 프로그래머들의 삶이 더 쉬워진다는 주장은 익숙하게 들릴 것이다. 게이츠는 1977년에 모든 사람이 사용하는 단일 운영 체제가 업계에 도움이 될 수 있다는 말을 한 적이 있다. 인터넷 익스플로러가 웹 브라우저인 동시에 다른 기업들이 그들의 소프트웨어가 인터넷을 지원하도록 사용할 수 있는(반드시 사용해야 하는 것은 아닌) 플랫폼이라는 설명이 윈도우를 실행하는 데 인터넷 익스플로러가 절대적으로 필요하지 않다는 의미로 해석된다면, 이 말이 맞을 수도 있다.

재판으로 향하다

정부의 법정 모독 소송 발걸음이 잭슨 판사의 법정을 향해 나아가고 있을 때, 게이츠는 공개적으로 그의 회사를 변호하기 위해 인터넷 연결을 제공하는 것의 중요성에 관해 이야기하고 있었다. 게이츠는 정부가 마이크로소프트의 제품이 너무 강력하다고 주장하고 있고, 성공한 기업들은 종종 반대파로부터 비난의 대상이 되며, 인터넷은 (마이크로소프트 포함한) 어떤 기업에 의해서도 통제되거나 지배될 수 없다고 역설했다. 게이츠는 또한 마이크로소프트가 소프트웨어 개발자들의 편의를 위해 인터넷 연결 기능을 추가했다고 주장했다(벨피오레도 비슷하게 주장했다). "소프트웨어 개발자들이 서로의 작업을 복제하도록 하는 게 아니라 모든 응용 프로그램에서 일반적으로 사용되는 기능을 가져와 윈도우에 넣은 것은 PC 동학의 한 부분이다. 따라서 인터넷 연결 같은 작업을 모두가 직접 수행하지 않도록 윈도우에 해당 기능을 넣었다. 그래픽 사용자 인터페이스, 하드 디스크 지원, 네트워킹 지원부터 브라우저를 포함한 인터넷 지원까지 진화를 거듭해 왔다."

게이츠는 1998년 3월 3일 상원 법사 위원회에 출석하라는 명령을 받았다. 당시 게이츠가 마이크로소프트의 행태에 관한 질문에 솔직하지 않다는 지적이 전국적인 뉴스가 되기 시작했다. 의회 속기록에는 오린 해치Orrin Hatch 상원 의원(당시 상원 법사 위원회 위원장)과 게이츠 간의 문답이 자세히 기록되어 있는데, 해치 의원은 게이츠의 답변을 이끌어 내려고 '예/아니오' 질문을 다섯 번이나 던지면서 그의 애매한 태도를 추궁했다.

법무부가 마이크로소프트가 첫 번째 화해 조서를 위반했다고 선언하는 소송을 제기했을 때, 주요 논거는 윈도우와 인터넷 익스플로러가 모두 화해 조서의 적용을 받는 제품이므로 이 둘의 조합은 허용되지 않는다는 것이었다. 마이크로소프트는 인터넷 익스플로러가 윈도우에 통합되었기 때문에 화해 조서의 범위 내에서 허용되는 제품이라고 주장했다. 조사가 재개되자 마이크로소프트를 제소한 미국 정부와 주 정부들은 윈도우와 인터넷 익스플로러의 결합뿐 아니라 다른 사안들에도 관심을 가졌고, 실제로 반경쟁적이거나 다른 방식으로 최초의 화해 조서를 위반했을 가능성이 있는 마이크로소프트의 경쟁업체 관련 행위에 관한 조사도 진행되었다.

당시나 지금이나 운영 체제에는 이미 수많은 도구가 포함되어 있었기 때문에 통합된 것으로 간주되는 것과 그렇지 않은 것이 무엇인지에 대한 질문이 제기되었다. 컴퓨터가 자주 사용하는 소프트웨어로서 프로그래밍 언어에서 운영 체제, 응용 프로그램, 유틸리티로 발전해 온 과정을 고려할 때 윈도우는 운영 체제이고, 마이크로소프트 오피스는 운영 체제에서 실행되는 응용 프로그램이었다. 그리고 이미 계산기, 팩스 기능, MS 페인트 같은 수십 가지의 멋진 추가 유틸리티가 있었는데 그 자체로 경쟁자를 배제할 수 있는 기능이 있었다. 분명히 마이크로소프트는 화해 조서를 위반하지 않고도 윈도우에 일부 기능을 추가할 능력이 있었다.

이어지는
공방

— BILL GATES —

게이츠의 증언

게이츠는 1998년 8월 27일부터 법정이나 변호사 사무실이 아닌 마이크로소프트 본사의 이사회실에서 증언을 했다. 첫날 증언은 아홉 시간 동안 진행되었기 때문에 주 정부와 법무부에서 게이츠에게 질문을 많이 던졌다. 그리고 언론은 재판이 시작되기 전부터 게이츠가 공감되는 인물로 보이지 않는다고 보도하고 있었다.

마이크로소프트 재판에 인용된 증언에서 게이츠는 경쟁 문제에 관하여 다수의 법무부 측 변호사들로부터 질문을 받았는데, 그가 20년 동안 마이크로소프트에 깊숙이 관여했다는 진술에도 불구하고 자신이 CEO 로 있던 회사의 행동과 자신은 별개인 것처럼 보이려고 한다는 인상을 주었다. 게이츠는 회사의 미래를 좌우할 수 있는 중요한 사건이었음에 도 법무부 서류를 읽어 보거나 마이크로소프트를 상대로 한 고소장 요 약본을 받은 적이 없다고 주장했다.

　세간의 이목을 집중시킨 마이크로소프트 재판에서 가장 놀라운 점 중 하나는 게이츠가 가장 중요한 인물이었음에도 실제로 재판정에서 증언 을 하지는 않았다는 사실이다. 마이크로소프트 법무팀은 게이츠를 한 번도 증인으로 부른 적이 없었고, 그가 마이크로소프트 변호를 위해 증 언대에 서지 않는 한 정부는 그에게 증언을 강요할 수가 없었다. 그가 재판에 관여한 것은 1998년 8월에 여러 변호사가 작성한 진술서에 근거 한 것뿐이었으며, 이 진술서는 며칠에 걸쳐 법원 기록에 등재되었다.
　게이츠의 녹음된 증언은 마이크로소프트에 대한 정부의 소송에 큰 도 움이 될 것으로 보였다. 비디오로 녹화된 진술의 일부 내용들이 법정에 자주 등장했다. 실제로 수십 명의 다른 사람들이 증언을 했는데 그들의 증언 중 일부가 하루나 이틀에 걸쳐 법정에서 소개된 반면, 게이츠의 비 디오테이프 증언은 1998년 11월 초부터 1999년 1월까지 8일 동안 여러 차례에 걸쳐 법정에 등장했다. 그리고 절차상으로는 1999년 1월 13일에 전체 증언이 법정 기록으로 인정되었다. 마이크로소프트에게는 어려운 소송이었고 잭슨 판사에게는 분석해야 할 증거가 많았다.

반독점 재판과 관련하여 마이크로소프트 측 변호사가 언론에 실명으로 언급된 두 번의 사건 중 첫 번째는 1999년 3월 3일에 작성된 메모가 그다음 주에 언론에 간접적으로 유출된 것이었다. 이 메모에서 데이비드 하이너David Heiner는 정부가 마이크로소프트에 대해 아무런 혐의를 입증하지 못했고, 마이크로소프트에 대한 소송은 소비자에게 피해를 주고 있으며, 정부가 한 일이라고는 '여러 가지 무작위적인 사건이나 이메일 조각을 둘러싼 많은 소음'을 만들어 낸 것뿐이라고 썼다. 잭슨 판사는 하이너의 의견에 동의하지 않았다.

사실 인정 결과에 대한 게이츠의 대응

잭슨 판사의 사실 조사 결과는 1999년 11월 5일에 발표되었다. 잭슨 판사는 사실 조사 결과에서 마이크로소프트가 1890년 셔먼 반독점법을 위반하여 독점력을 사용한 독점 기업이라고 선언했다.

잭슨이 사실에 대한 결정적인 판결을 내림에 따라 마이크로소프트는 파멸할 것처럼 보였다. 마이크로소프트는 스스로 더 깊은 구덩이를 파고 있었는데, 그 구덩이는 단호한 기업 문화에서 시작되었고, 1994년 화해 조서에 서명했음에도 불구하고 행동을 바꾸지 않으면서 더 깊어졌다. 이 구멍은 마이크로소프트가 공개적으로 워싱턴과 정부 규제 당국을 무시하거나, 1997년 12월 잭슨 판사가 마이크로소프트에 윈도우 95에서 브라우저를 분리하라는 판결을 내렸을 때 마치 멍청한 러다이트Luddite●인 것처럼 취급하면서 더욱 깊어졌고, 1998년 5월 게이츠가 법무부와 합의에 이르지 못했을 때 더욱 확대되었으며, 호전적인 게이츠가 퇴임하면서 동굴로 변해 버렸다.

33. 마이크로소프트는 인텔 호환 PC 운영 체제 시장에서 막강한 영향력을 행사하고 있으며, 이러한 영향력을 가격 측면에서만 행사하고자 한다면 경쟁 시장에서 책정할 수 있는 가격보다 훨씬 높은 가격을 윈도우에 책정할 수 있다. 또한, 경쟁업체에게 감당할 수 없는 규모의 비즈니스를 잃지 않고도 상당한 기간 동안 그렇게 할 수 있다. 즉, 마이크로소프트는 관련 시장에서 독점적 지위를 누리고 있는 것이다.

이에 관해서는 거의 이견이 없었는데, 인텔 호환 PC의 경우 마이크로

● 19세기 초 산업 혁명으로 기계가 발달해 경쟁에서 패배한 수공업자들이 기계를 파괴한 운동이 벌어졌는데 이를 러다이트 운동이라고 불렀다.

소프트가 기본 플랫폼의 기본 운영 체제였기 때문이다. 초창기에는 리눅스Linux●와 같은 다른 옵션도 PC와 서버에 사용할 수 있었지만, 대부분의 PC 사용자들에게는 주기적으로 업그레이드되는 마이크로소프트가 거의 유일한 선택지였는데, 이는 맥 사용자들이 Mac OS를 사용하는 것과 마찬가지였다. 하지만 PC의 시장 범위는 훨씬 더 넓었다.

34. 종합적으로 볼 때 세 가지 주요 사실을 통해 마이크로소프트가 독점적 지위를 누리고 있음을 알 수 있다. 첫째, 인텔 호환 PC 운영 체제 시장에서 마이크로소프트의 점유율은 매우 크고 안정적이다. 둘째, 마이크로소프트의 지배적인 시장 점유율은 높은 진입 장벽에 의해 보호되고 있다. 셋째, 이러한 장벽으로 인해 마이크로소프트의 고객들은 윈도우를 대체할 상업적으로 실행 가능한 대안이 없다.

　마이크로소프트의 점유율은 실제로 높았고, 새로운 운영 체제를 개발하고 홍보하는 데 드는 비용은 진입 장벽으로 작용할 수 있었다. 문제는 이 장벽이 '얼마나 높은가'이다. 과연 어떤 조직이 운영 체제를 재정립하고 급속도로 성장하는 제품을 출시할 수 있을까? 최근 구글 크롬북의 출

● 유닉스와 유사한 무료 오픈 소스 프로그램.

시에서 보듯이 시장에 새로 진입한 기업이 윈도우 넷북을 생산하는 회사와의 파트너십을 통해 시장 점유율을 빠르게 높일 수 있다는 증거가 있다.

408. 인터넷 익스플로러의 출시와 빠른 개선으로 넷스케이프는 네비게이터의 품질을 경쟁력 있게 개선할 수 있는 동기를 얻게 되었다. 인터넷 익스플로러가 윈도우에 무료로 포함되면서 인터넷에 대한 일반 대중의 친숙도가 높아졌고 인터넷에 접속하는 데 드는 비용이 감소했으며, 적어도 부분적으로는 넷스케이프가 네비게이터에 대한 과금을 중단하도록 강요했기 때문이다. 따라서 이러한 조치는 웹 브라우징 소프트웨어의 품질을 개선하고 비용을 낮추며 가용성을 높이는 데 기여하여 소비자에게 혜택을 제공했다.

여기서 잭슨 판사는 인터넷 익스플로러, 그리고 마이크로소프트와 넷스케이프 간의 활발한 경쟁이 실제로 소비자에게 이익이 되었으며 비용을 보다 낮추고 접근성을 높였다고 밝혔다. 이는 한 기업이 독점 기업이라는 판결문에 일반적으로 쓰이는 문구는 아니다. 그리고 넷스케이프는 영리 회사로, 전년도에 AOL에 인수되어 브라우저를 사용하여 고객을 웹사이트와 포털로 연결해 주었다. 일반 소비자와 달리 기업 사용자는 여전히 넷스케이프 네비게이터에 대한 비용을 지불하고 있었으며, AOL은 넷스케이프를 소유하고 있음에도 불구하고 마이크로소프트와의 제휴는 여전히 회사의 전략적 우선순위라고 강조했다.

마이크로소프트는 1만 2000개의 소프트웨어 회사가 있고, 넷스케이프는 전년도에 1억 6000만 카피를 배포했으며, 전체 윈도우 98 컴퓨터의 40퍼센트에 넷스케이프가 설치되어 있다고 밝혔다. 이러한 조사 결과에 따르면 독점 시장처럼 보이는 시장에서 많은 사용자가 경쟁을 목격하고 있었다.

409. 그러나 마이크로소프트는 훌륭한 품질의 혁신적인 브라우징 소프트웨어를 개발하여 추가 비용 없이 윈도우와 함께 번들로 제공하는 것 이상의 일을 해 왔고, 이는 소비자들에게 손해를 입혔다. 앞서 살펴본 바와 같이, 마이크로소프트는 넷스케이프의 웹 브라우저와 썬의 자바 구현을 비롯한 다양한 미들웨어의 위협으로부터 애플리케이션 진입 장벽을 보호하고 독점적 지위를 지키기 위해 일련의 조치를 취했다. 이러한 행위 중 상당수는 즉각적이고 쉽게 알아볼 수 있는 방식으로 소비자에게 피해를 입혔다. 또한 직접적이지는 않지만 경쟁을 왜곡하여 심각하고 광범위한 소비자 피해를 야기하기도 했다.

이 부분은 마이크로소프트가 다른 회사(예를 들어 애플)와의 영향력을 이용해 시장에서 이러한 회사를 제한하려 했다는 충분한 증거가 있었기 때문에 특히 문제가 되었다.

마이크로소프트는 OEM 업체들이 윈도우 부팅 시퀀스에서 특정 소프트웨어 프로그램을 구현할 수 있는 자유를 제한함으로써 OEM 업체들이 소비자가 원하는 대로 윈도우 PC 시스템을 덜 혼란스럽고 사용자 친화적으로 만들 수 있는 기회를 박탈했다. 위에 열거된 조치를 취하고, 마이크로소프트만이 제공할 수 있고 업체들이 마이크로소프트 없이는 할 수 없다고 합리적으로 믿는 가치 있는 유인책으로 업체들이 독점 계약을 하도록 유인함으로써, 마이크로소프트는 내비게이터를 브라우저로 선택했을 소비자들에게 상당한 대가(다운로드, 설치, 혼란, 시스템 성능 저하, 메모리 용량 감소 등)를 지불하거나 인터넷 익스플로러에 만족하도록 강요했다.

잭슨 판사는 마이크로소프트가 컴퓨터 제조업체가 윈도우에서 다른 소프트웨어를 자동으로 부팅하지 못하도록 하는 계약서를 작성했지만, 인터넷 익스플로러는 기본적으로 포함되었다고 판단했다. 그는 소비자들이 여전히 넷스케이프의 내비게이터를 선택할 수 있지만, 그 결과 금전적인 비용은 아닐지라도 어떤 형태로든 대가를 지불해야 한다고 지적했다.

412. 무엇보다도 가장 해로운 것은 마이크로소프트의 행동이 컴퓨터 산업에서 혁신의 잠재력을 가진 모든 기업에게 보낸 메시지다. 넷스케이프, IBM, 컴팩, 인텔 등에 대한 행동을 통해 마이크로소프트는 막강한 시장 지배력과 막대한 이익을 이용해 마이크로소프트의 핵심 제품에 대한 경쟁을 심화시킬 수 있는 이니셔티브를 고집하는 모든 기업에 해를 끼칠 수 있다는 것을 보여 주었다. 이러한 기업에 피해를 입히고 혁신을 억압한 마이크로소프트의 과거 성공 사례는 마이크로소프트에 위협이 될 가능성이 있는 기술 및 비즈니스에 대한 투자를 억제한다. 궁극적인 결과는 소비자에게 진정한 혜택을 줄 수 있는 일부 혁신이 마이크로소프트의 이기심과 일치하지 않는다는 이유만으로 실현되지 않는 것이다.

잭슨 판사는 이 마지막 진술에서 자신의 생각을 매우 명확하게 밝혔다. 마이크로소프트의 시장 지배력은 경쟁업체에 어떻게 대응할 것인지에 대한 논의를 가능하게 했고, 종종 비용을 증가시키거나 시장을 제한하는 방식으로 대응했다. 문제는 마이크로소프트가 정말로 막대한 이익을 다른 기업에 해를 끼치는 데 사용했는가였다. 사용할 수 있는 막대한 이익이 있었지만(회계 용어로는 '비용'에 해당), 마이크로소프트가 의도적으로 수익성을 떨어뜨려 다른 경쟁사에 해를 끼쳤을까? 아니면 게이츠가 컴퓨터 업계에서의 입지가 너무 미약해서 마이크로소프트가 하루아

침에 망할 수 있다고 가정하고 경쟁해야만 했던 것일까? 게이츠는 수년 동안 마이크로소프트가 언젠가는 망할 것이며, 어떤 회사도 그 업계에서 확실하게 보장된 자리를 차지하는 일은 없을 것이라는 발언을 여러 차례 했다.

게이츠는 잭슨 판사가 작성한 사실 인정 결과에 대한 답변을 발표하면서 마이크로소프트가 판결에 동의하지 않기 때문에 사실 인정 결과가 법적 절차의 마지막 단계가 될 수 없다고 밝혔다. 게이츠는 성명서의 일부 내용 중 '인터넷에 대한 빌트인(built-in) 지원'을 언급했지만 기존의 화해 조서에 대해서는 거론하지 않았다. 종전의 화해 조서는 현재 및 미래의 윈도우 운영 체제에 추가할 수 있는 기능에 제한을 두었다.

게이츠는 법원이 마이크로소프트의 초기 인터넷 진출로 인해 고객이 혜택을 받았다는 점과 마이크로소프트가 소송을 계속할 것이라는 점을 인정했다고 강조하고, 마이크로소프트는 그저 소비자에게 더 많은 자원을 제공하고자 하는 것일 뿐이라는 주장으로 마무리했다.

"법원의 조사 결과는 마이크로소프트의 행위가 인터넷의 발전을 가속화하고 소비자 비용을 절감하며 웹 브라우징 소프트웨어의 품질을 향상시켰다는 점을 인정한다. 마이크로소프트는 활발하고 공정하게 경쟁한다. 마이크로소프트는 소비자 혜택과 혁신의 원칙이 보호될 수 있도록 공정하고 사실에 입각한 방식으로 이 사건을 해결하기 위해 최선을 다하고 있다."

이 소송은 근본적으로 한 가지 질문에 관한 것이다. 성공한 미국 기업이 소비자의 이익을 위해 제품을 계속 개선할 수 있는가? 마이크로소프트는 인터넷 지원이 내장된 새로운 버전의 윈도우 운영 체제를 개발함으로써 정확히 이 문제를 해결했다.

마이크로소프트의 새로운 공격

판결이 내려지기 전 마이크로소프트는 이전 법원 문서(5년 전 화해 조서 중 일부)를 새로운 소송에서 회사 해체에 반대하는 논거로 사용해 달라고 요구했다. 이 문서는 정부에서 발행한 것으로, 마이크로소프트가 해체될 경우 경제와 소비자에게 어떤 해를 끼칠지에 관한 내용을 담고 있었다.

그러나 실제로 전문가들은 잭슨 판사가 마이크로소프트가 두 회사로 분할되는 것이 최선의 규제 방안이라는 판결을 내리더라도 마이크로소프트가 분할될 것이라고 믿지 않았으며, 이러한 암시는 앞으로 어떤 일이 일어날지 짐작할 수 있게 해 주었다.

2000년 6월 7일 잭슨 판사는 마이크로소프트 분할 명령을 내렸다. 대부분의 치열한 재판이 그렇듯이 항소는 거의 기정사실이었다. 하지만 당시에는 마이크로소프트의 미래가 더 어두워 보였다. 판사는 다음과 같이 명시적으로 명령했다.

"운영 체제 사업을 애플리케이션 사업에서 분리하고, 그중 하나(분리 사업자)의 자산을 (a)분리 사업자의 제품 및 서비스를 개발, 생산, 배포, 마케팅, 홍보, 판매, 라이선스 및 지원하는 데 사용되는 모든 인력, 시스템 및 기타 유형 및 무형 자산(지적 재산 포함)과 함께 별도의 법인으로 이전하고, (b)분리 사업자를 독립적이고 경제적으로 실행 가능한 법인으로 운영하는 데 필요한 기타 자산을 이전한다."

판결문을 읽다 보면 잭슨 판사가 먼저 '운영 체제 사업'을 정의한 다음, 운영 체제 사업에 포함되지 않는 모든 것을 '애플리케이션 사업'으로 정의한 것을 알 수 있다. 그리고 다른 모든 것은 말 그대로 다른 모든 것을 의미했다.

잭슨 판사는 함께 첨부한 각서 및 명령서에서 마이크로소프트 변호사들은 회사를 해체하는 것이 가능하다는 것을 알고 있었고, 마이크로소프트는 어떠한 일탈 행위도 인정한 적이 없으며, 마이크로소프트의 행동은 변하지 않았고, 과거의 마이크로소프트는 신뢰할 수 없다고 밝혔다. 그는 구조적 분할이 필요하다고 말하면서 "현재의 마이크로소프트 조직과 경영진은 법을 위반했다는 사실을 인정하거나 행태를 수정하라는 명령을 받아들이지 않으려 한다"고 지적했다.

잭슨 판사는 마지막으로 해체 명령에 대한 항소가 다시 그의 법정으로 돌아올 것이며 회사를 해체하라는 명령이 당장 실행될 필요는 없을 것이라면서 미래를 내다보았다. 마이크로소프트가 이 판결에 항소할 것인지가 아니라 항소 후 다시 소송이 진행될 것이라는 뜻이었다.

"원고가 제안한 최종 판결은 아마도 조정이 성공하여 화해 조서로 종결되었을 때보다 더 급진적일 수 있다. 물론 법원은 항소 후에도 관할권을 유지하며, 항소 법원의 지침에 따라 또는 시간의 경과에 따라 변경된 조건을 수용하기 위해 필요에 따라 판결을 수정할 수 있다."

잭슨 판사는 합의가 있었다면 해산 명령은 나오지 않았을 것이며, 자신이 내린 해산 명령이 반드시 항소될 것이라는 사실을 알고 있었다. 게이츠는 이제 CEO는 아니었지만 회장직은 유지하고 있었다.

마이크로소프트 회장 게이츠는 비디오 성명에서 말했다. "이것은 이 사건의 새로운 장의 시작이다. 우리는 이 결정에 항소할 것이며, 항소심에서 매우 강력한 주장을 펼칠 것이다. 이번 판결은 항소 법원의 과거 결정과 근본적인 공정성, 그리고 시장의 현실과 일치하지 않는다."

게이츠에 대한 공격으로 비난받은 잭슨 판사

판결이 내려진 순간 게이츠는 이론적으로 외부 기관에서 측정한 총 순자산의 15퍼센트를 날리게 되었다. 이 판결은 게이츠와 마이크로소프트 그리고 그가 과거에 누렸던 회사에 대한 지배력에 큰 타격을 입혔다. 당시 컴퓨팅 업계의 한 가지 아이러니한 측면은 마이크로소프트의 독점으로 인해 '피해'를 입은 회사들이 오히려 힘을 합쳐 성장하기로 결정했다는 점이었다.

예를 들어, AOL은 인터넷 익스플로러의 경쟁 브라우저였던 넷스케이프를 인수한 후 썬과 제휴를 맺었지만(자바는 경쟁 소프트웨어 플랫폼이었음), 여전히 마이크로소프트의 인터넷 익스플로러와 협력하여 윈도우를 통해 인터넷 서비스 제공자(ISP)로서 AOL의 가용성을 확장하고자 했다. 그리고 소프트웨어 회사인 오라클은 자바 플랫폼을 소유하고 있던 하드웨어 회사인 썬 마이크로시스템스를 인수했다. 즉, 잭슨 판사가 이 사건에 대한 판결을 내릴 당시에는 AOL, 자바, 오라클, 넷스케이프, 썬이 모두 서로 연결되어 있었으며, 이 중 한 회사는 마이크로소프트와의 제휴가 실제로 필요하다고 주장하고 있었다.

더욱 아이러니하게도 인포월드^{Infoworld}는 1999년 업계 공로상을 취미로 무료 운영 체제를 만들었던 리누스 토발즈^{Linus Torvalds}에게 수여했다. 잭슨 판사가 마이크로소프트를 상대로 판결을 내릴 당시 리눅스 운영 체제는 1000만~2500만 대의 서버에서 실행되고 있었다. 게이츠가 1976년부터 주장한 것과는 달리, 금전적 보상 없이 완전히 새로운 운영 체제를 만드는 개인이 있었던 것이다. 그리고 잭슨 판사의 판결과는 달리 업계에서 혁신은 계속 일어날 것이며, 그 혁신 중 일부는 다양한 기존 기업과의 의도적인 경쟁이 될 것이었다.

잭슨 판사는 1995년 첫 번째 화해 조서에 대한 승인부터 그 화해 조서에 대한 판결이 항소심에서 기각된 2000년까지 마이크로소프트 소송을 담당했다. 그는 마이크로소프트 경영진을 세 명을 암살한 혐의로 기소된 마약 조직원 다섯 명과 비유하기도 했는데, 잭슨은 자신의 행동이 잘못되었다고 생각하지 않았다. 심지어 그는 마이크로소프트 측 수석 변호사의 능력에 의문을 던지기도 했다.

증거가 너무 일방적으로 나왔기 때문에 잭슨은 왜 마이크로소프트가 재판을 중지하고 평판 훼손을 막지 않았는지 의아해했다. 그는 금융 시장이 요동치고 판사가 솔로몬의 역할을 강요당하기 전에 휴전을 주선했어야 했다며 마이크로소프트의 수석 변호사인 윌리엄 뉴컴^{William Neukom}을 비난했다.

항소 법원에서 판사들은 마이크로소프트가 독점 기업이라는 판결을 뒤집지는 않았지만 잭슨 판사가 법정 밖에서 게이츠와 그의 회사, 다른 마이크로소프트 경영진에 대해 했던 발언을 매우 비판적으로 받아들였다. 실제로 잭슨 판사는 법원으로부터 실시간으로 피드백을 받았다. 사건을 심리하는 판사가 공정한 태도를 유지하지 못하면 그 행위만으로도 판사가 내린 판결에 대한 항소가 계속 이어질 수 있기 때문이다.

에드워즈Edwards 항소심 판사는 잭슨처럼 판사가 재판 참가자에 대해 이야기하면 사법 시스템이 '엉터리'가 될 것이라는 말을 했다. 센텔Sentelle 항소심 판사는 일반 시민은 잭슨의 행동을 편견의 한 형태로만 설명할 수 있다고 지적했으며, 윌리엄스Williams 항소심 판사는 게이츠를 마약 조직과 유사하다고 묘사한 것에 특히 불쾌감을 드러내며 다음과 같이 말했다.

"그는 구체적인 비유를 했다. 그 비유는 매우 강력했다. 그리고 그가 선택한 비유는 홀로코스트에 버금갈 정도로 가장 잘 고안된 것으로서, 마이크로소프트가 허용된 범위를 한참 벗어났음을 나타내려는 의도였다."

'정의는 맹목적이다'라는 표현과 함께 저울을 들고 증거의 무게를 재는 정의의 여신 이미지는 재판에서 판사 또는 재판부의 공평성 또는 공정성(실제로든 인식으로든)이 부족할 때 특히 중요한 의미를 갖는다. 마이크로소프트 사건은 큰 주목을 받았고 수십억 달러의 가치가 있는 회사에 영향을 미쳤다. 그 시점에 공지가 되었다. 잭슨 판사는 항소 및 합

2001년 6월, 마이크로소프트 본사에서 빌 게이츠와 제프 레이크스가 항소 법원의 판결에 대한 견해를 밝히고 있다.

의 과정에서 마이크로소프트 사건을 감독하지 않을 것이며, 항소 법원은 다음 명령을 내리기 전에 '피드백을 제공할 것'이었다.

항소 법원의 판결이 아직 몇 달이나 남았지만 2001년 3월 12일, 잭슨 판사는 각서를 통해 마이크로소프트와 관련된 두 사건, 즉 반독점 사건과 마이크로소프트가 피고가 된 차별 사건에 대해 스스로 기피했다. 항소심 재판부의 동료 판사들의 의견을 고려할 때, 그는 계류 중인 판결의 기조를 판단할 수 있었다. 그는 각서에서 스포킨 판사가 퇴임한 후 무작위로 배정된 판사로서 현재까지 이 사건을 감독해 왔다고 밝혔다.

"이전의 소송 과정에서 나는 마이크로소프트의 사업 관행의 적법성에 대해 불리한 판단을 내렸다. 이러한 판단은 해당 소송에서 내가 내놓은 여러 의견서에 충분히 반영되어 있다. 또한 본인은 마이크로소프트에 대한 다른 인상도 갖게 되었으며, 이는 내 의견뿐만 아니라 재판 이후 내가 밝힌 모든 공개적인 발언을 통해서도 분명하게 드러났다고 생각한다. 그 인상은 마이크로소프트가 진실과 법의 규칙을 의도적으로 경시하는 회사라는 것이다. 또한 '고위 경영진이 자신의 잘못에 대한 거짓 변호를 뒷받침하기 위해 거리낌 없이 거짓 증언을 하는 회사이기도 하다."

법에 따라 판사는 해당 기업에 대해 기존 재판의 증거에 근거하여 예외적으로 강력한 의견을 제시할 수 있다. 잭슨 판사는 마이크로소프트와 게이츠를 포함한 익명의 '고위 경영진'이 회사에 이익이 된다면 법의 지배를 따르지 않을 것이라고 믿었다. 그리고 반독점 재판에서 마이크로소프트 경영진이 책임을 회피하고 있다는 사실은 증거에 근거하여 인정될 수 있을 것이라고 생각했다. 그러나 마이크로소프트에 대한 이러한 의견으로 인해 잭슨 판사가 앞으로 마이크로소프트와 관련된 사건을 공정하게 심리하지 못하게 된다면 문제가 될 수 있다.

"이러한 상황에서 판사의 의견이 '공정한 판단을 불가능하게 만드는 뿌리 깊고 명백한 적대감'을 반영하는 경우에만 실제로 개인적인 편견이나 선입견으로 인한 기피가 요구된다."

잭슨은 자신의 행동이 그 정도에 이르지는 않았다고 생각했지만 대중의 인식은 그 반대였고, 그는 자신이 법정 밖에서 한 발언이 항소심 법원의 질타를 받았다는 점을 인정했다.

"마이크로소프트에 대한 나의 인상이 그 수준까지 올라갔다고 생각하지는 않는다. 그러나 마이크로소프트 사건 항소심 구두 변론에서 항소법원이 공개적으로 비난한 것에 비추어 볼 때, 내가 한 사법 외적인 발언이 개인적인 편견이나 선입견으로 보일 수 있음을 인정하지 않을 수 없다."

항소 법원은 2001년 6월 28일 사건을 지방 법원으로 돌려보내 잭슨 판사를 배제하고 새로운 소송을 진행하도록 했다. 그러나 항소 법원은 여전히 마이크로소프트가 하드웨어 생산업체부터 인터넷 제공업체, 저작자 및 소프트웨어 회사에 이르기까지 당시 컴퓨팅 업계에서 생각할 수 있는 거의 모든 회사 및 공급업체를 상대로 독점력을 행사한 것으로 간주했다.

"마이크로소프트는 컴퓨터 제조업체, 인터넷 접속 서비스 제공업체, 인터넷 콘텐츠 제공업체, 중소 소프트웨어 공급업체, 그리고 AOL, 애플, 인텔, 썬 마이크로시스템스와 같은 회사들에게 독점력을 부당하게 사용했다"고 항소 법원은 판결했다.

콜린 칼라코텔리Colleen Kollar-Kotelly 판사는 스포킨과 잭슨에 이어 이 사건에 무작위로 배정된 세 번째 판사였다. 그녀는 2002년 11월 12일에 마이크로소프트사를 상대로 최종 판결을 내렸으며, 수년간의 소송과 협상 끝에 첨부된 주문에서 '제3차 수정 최종 판결안(TRPFJ)'으로 불리는 것에 동의했다.

지금 우리가 알고 있듯이, 마이크로소프트는 분할되지 않았고 주로 클린턴 행정부 법무부가 작성한 내용을 계승한 합의안이 사용됐다. 판사는 마이크로소프트의 일부 행위를 막기 위해 회사에 더 강력한 제재를 가하지 않았다는 비판에 직면했지만, 그녀는 재판이나 항소 법원에서 입증되지 않은 행위에 대해서는 처벌할 수 없으며, 이는 자신의 권한 밖이라고 설명함으로써 비판을 잠재웠다.

그녀는 마이크로소프트가 법을 위반했다고 지적하면서 마이크로소프트가 시장에서의 권력을 남용했지만 고객을 착취하지는 않았다고 판단했다. 칼라코텔리 판사는 마이크로소프트가 '불법 행위의 여파를 최소화하려는 경향이 있으며' 소비자에 대해 '온정주의적 시각'을 보였다고 지적했다.

하지만 판사는 새로운 두 가지 혁신적인 요소를 합의에 포함시켰다. 첫 번째 화해 조서는 소비자용 버전의 윈도우에만 적용되었지만, 두 번째 화해 조서는 서버에서 실행되는 윈도우 버전에도 적용될 것이라고 판결했다. 두 번째로 판사가 추가한 내용은 컴퓨터를 시작할 때 다른 회사에서 만든 애플리케이션이 마이크로소프트 윈도우에서 실행될 수 있도록 허용하라는 것이었다.

적어도 한 곳의 마이크로소프트 경쟁업체는 칼라코텔리 판사의 결정에 열렬한 환영의 뜻을 표했다. 리얼네트웍스RealNetworks는 컴퓨터가 부팅될 때 경쟁 프로그램이 자동으로 시작되도록 허용하라는 판사의 요구가 회사의 오디오 및 비디오 재생 소프트웨어에 유리하게 작용할 수 있다고 말했다. 이 의무는 합의가 회사에 요구한 것 이상이었다.

마이크로소프트는 잭슨 판사가 제안한 분할을 피하는 것이 미래를 위해 훨씬 더 좋다고 판단해 합의를 수락했다. 게이츠는 워싱턴주 레드먼드의 회사 본사에서 기자 회견을 열어 "이번 합의는 마이크로소프트에 새로운 책임을 부여하는 동시에 고객을 위해 계속 혁신할 수 있는 자유를 준다. 이 사건을 일단락 짓게 되어 기쁘게 생각한다"라고 말했다.

게이츠는 소비자들이 마이크로소프트가 만든 제품으로 혜택을 받고 있다고 생각했지만 정부에 맞서 회사를 방어하는 데 여러 해를 보내야 했다. 그리고 이 과정에서 많은 대가를 치렀다. 20년 넘게 회사를 이끌었던 그는 《마이크로소프트 재창조Microsoft Rebooted》에서 "1999년에는 소송과 재판의 영향이 복합적으로 작용하여 이전보다 일을 덜 즐기게 되었다. 나는 여전히 일을 좋아했다. 다만 내가 원하는 대로 모든 일을 하고 있다고 느끼지 못했을 뿐이었다"라고 말했다.

게이츠는 경쟁을 즐기는 성격 덕분에 업무에 보람은 느꼈지만 과거에 비해선 열정이 떨어졌다. 그의 가족도 재판으로 인한 스트레스와 에너지 소비가 게이츠에게 초래한 변화를 알아차렸다. 게이츠의 아버지인 게이츠 시니어는 재판에 관해 "빌이 겪은 일이 끝나서 안도감을 느꼈다"고 고백했다. 마이크로소프트는 25년 동안 게이츠의 모든 것이었지만, 게이츠에게는 다른 할 일과 업무가 여전히 있었다.

두 번째 합의 조서에 따른 제재의 종료

재판과 회사 분할 위기 그리고 게이츠의 최고 경영자 퇴진은 역사학자나 경영 역사가들에게 좋지 않은 평가를 받았을 것이라고 생각하는 사람이 있을 수 있다. 2002년 마이크로소프트의 합의 직후, 맥코믹McCormick과 폴섬Folsom은 경영 역사학자들을 상대로 미국 역사상 가장 위대한 기업가와 사업가로 평가하는 인물이 누구인지 묻는 설문 조사를 했다.

기업가는 위험을 감수하고 창조하는 사람으로, 사업가는 경영자 또는 금융가로 정의되었다. 역사학자 58명을 대상으로 한 설문 조사에서 게이츠는 헨리 포드Henry Ford에 이어 2위를 차지했다. 더욱 놀라운 사실은 게이츠가 14위 안에 든 유일한 생존 인물이었다는 점이다(버핏은 사업가로서 순위권에 전혀 들지 못했다). 상위 5위 안에 든 포드, 게이츠, 록펠러, 카네기, 에디슨 가운데 대학을 졸업한 사람은 한 명도 없었다.

설문 조사에 참여한 응답자 중 한 명은 기업가의 중요성에 관해 정치인들이 종종 공로를 인정받고 높은 순위를 차지하지만, 위험을 감수하는 사람들이 오랜 시간 동안 만들어 낸 자원이 없다면 정치인들은 아무것도 할 수 없다고 말했다.

"대부분의 미국인은 생활 수준과 삶의 질에 대해 정치인에게 너무 많은 공을 돌리고 위대한 기업가들에게는 너무 인색하다. 후자는 위험을 감수하고 한계를 뛰어넘어 장애물을 극복하고 매일매일 우리의 삶을 풍요롭게 만들어 준다. 정치인은 아무리 뛰어난 사람이라도 기업가가 만들어 낸 좋은 것들을 재배치하고 재분배할 뿐이다."

2002년에 반독점 재판이 마침내 '해결'된 후에도 마이크로소프트는 오랫동안 제재를 받았다. 실제로 법무부의 일부 모니터링 절차가 연장되었고, 마이크로소프트에 대한 제재는 2011년 5월 12일까지 해제되지 않았다. 잭슨 판사가 마이크로소프트 소송을 맡은 지 16년, 빌 게이츠가 증언한 지 13년, 게이츠가 발머에게 CEO 자리를 물려준 지 11년, 게이츠가 마이크로소프트의 정규직에서 은퇴한 지 3년이 지난 후였다. 당시 법무부는 다음과 같이 밝혔다.

마이크로소프트는 1998년 소송이 제기되었을 때와 달리 더 이상 컴퓨터 산업을 지배하지 않는다. 웹 브라우저에서 미디어 플레이어, 인스턴트 메시징 소프트웨어에 이르기까지 거의 모든 데스크톱 미들웨어 시장은 최종 판결이 내려질 때보다 오늘날 경쟁이 더욱 치열해졌다. 또한 최종 판결은 클라우드 컴퓨팅 서비스 및 모바일 기기와 같은 새로운 종류의 제품이 윈도우 데스크톱 운영 체제에 대한 잠재적인 플랫폼 위협으로 발전할 수 있는 경쟁 환경을 조성하는 데 도움이 되었다.

2001년 6월 미국 연방 항소 법원이 유지했던 원소송의 핵심 주장은 마이크로소프트가 윈도우 운영 체제에 위협이 될 수 있는 경쟁 미들웨어를 배제함으로써 PC 운영 체제에서 불법적으로 독점을 유지했다는 것이었다. 구체적으로, 항소 법원은 계약 조항을 사용하여 컴퓨터 제조업체가 마이크로소프트 운영 체제에서 경쟁 미들웨어 제품을 지원하는 것을 금지하고, 소비자와 컴퓨터 제조업체가 운영 체제에서 마이크로소프트 미들웨어 제품에 대한 액세스를 제거하는 것을 금지하고, 소프트웨어 개발자 및 제3자와 경쟁 미들웨어 제품을 배제하거나 방해하는 계약을 체결함으로써 마이크로소프트가 불법적인 배제 행위를 했다는 지방 법원의 판단을 지지했다.

두 번째 합의 조서(및 연장)의 만료에 즈음하여 마이크로소프트는 다음과 같은 성명을 발표했다.

"이번 경험은 우리를 변화시켰고 업계에 대한 우리의 책임을 어떻게 바라봐야 하는지를 알려 주었다. 이 문제를 성공적으로 해결하게 되어 기쁘게 생각하며, 협력사와 고객에게 계속해서 훌륭한 제품과 서비스를 제공할 수 있게 되어 기쁘다."

2011년 5월 12일 제재가 만료되면서 마이크로소프트는 더 이상 법무부의 감시를 받지 않게 되었지만, 기업 역사상 드물게 20년이 넘는 기간 동안 지속적으로 조사 또는 화해 조서에 따른 제재를 받은 기업으로 기록됐다.

PART 5

경쟁자
그리고
다른 활동

오랜 경쟁 관계,
잡스와 게이츠

BILL GATES

제품 진화의 I시대

마이크로소프트와 애플이 오랜 경쟁자라는 사실은 잘 알려져 있는데 게이츠와 잡스의 관계는 1975년 마이크로 컴퓨팅 시대가 시작될 때부터 2011년 잡스가 사망할 때까지 이어졌다. 마이크로소프트는 애플을 위한 소프트웨어를 개발하기도 했는데, 두 회사가 각각 이룩한 최고의 혁신은 제록스의 PARC**팔로알토 연구 센터**에서 얻은 영감에서 비롯했다. 이들은 이 연구소에서 결과물을 텍스트로만 출력하는 화면이 아니라 오늘날 우리가 사용하는 컴퓨터의 전신인 컴퓨터용 그래픽 사용자 인터페이스GUI의 초기 버전을 볼 수 있었다.

그렇다고 해서 애플과 마이크로소프트가 항상 우호적이었다거나 경쟁의 성격이 변하지 않았다는 의미는 아니다. 사실 두 회사는 잡스가 애플에서 쫓겨난 1985년부터 1996년까지 11년 동안이 아니라 잡스가 애플에 재직하던 기간 동안 가장 긴밀하게 협력했다. 게이츠는 CEO에서 물러난 뒤에도 잡스와 자주 교류하면서 잡스가 애플에서 발휘한 역량과 르네상스에 대해 감사를 나타냈고, 반대로 자신의 회사를 방어할 필요가 있을 때에는 일침을 가하기도 했다.

게이츠는 공개적으로는 잡스가 주도하는 애플의 부활에 맞서 자신의 회사를 방어해야 했다. 2004년에 처음 출시된 아이팟^{iPod}은 소비자들이 작은 기기로 어디서나 디지털 음악을 들을 수 있게 해 주었다. 게이츠는 아이팟이 마이크로소프트의 역량 안에 있었고 소비자들이 동일한 디바이스 대신 다른 대안을 찾을 것이라고 주장했지만, 마이크로소프트가 대안으로 내놓은 미디어 제품인 준^{Zune}은 아이팟에 비해 훨씬 초라한 성적을 거두었다. 게이츠는 초기 아이팟에 대해 다음과 같이 평가 절하했다.

"아이팟의 기능 가운데 '와우, 우린 저건 못 할 것 같은데'라고 말할 정도는 하나도 없다. 새로운 시장 초기에는 해당 분야를 크게 성장시키는 데 도움이 되는 몇 가지 제품이 종종 있다. 하지만 장기적으로 보면 사람들은 적절한 가격, 성능, 기능을 제공하는 제품을 구매하게 된다. 모든 사람이 똑같은 제품을 원할까? 아마 아닐 것이다."

애플이 2000년대 첫 10년 동안 아이팟 다음으로 내놓은 주요 제품은 아이폰iPhone이었다. 마이크로소프트의 엔지니어가 우연히, 그리고 간접적으로 이 제품에 관한 아이디어가 시작되는 계기를 제공했다. 태블릿 PC를 개발한 이 엔지니어는 잡스의 친구와 결혼했다. 그는 게이츠와 잡스가 모두 참석한 생일 파티에서 자신이 마이크로소프트에서 개발한 태블릿 PC에 대해 계속 이야기했다.

아이작슨Isaacson에 따르면 게이츠와 잡스 모두 이 일을 달가워하지 않았는데, 이유는 달랐다고 한다. 게이츠는 지적 재산이 공개되는 것을 좋아하지 않았다. 게이츠는 "그는 우리 직원이고 우리의 지적 재산을 공개하고 있었다"라고 회상했다.

잡스는 마이크로소프트의 태블릿 프로젝트에 대한 이야기와 스타일러스stylus를 펜처럼 사용하는 것이 태블릿의 미래 방향이라는 게이츠 회사 직원의 주장을 좋아하지 않았고, 자신의 직원들에게 터치스크린을 만들라고 지시했다. 그 후 애플은 태블릿 PC보다 휴대폰이 더 큰 인기를 끌 수 있다는 사실을 깨달았다. 애플은 실제로 아이폰과 아이패드iPad에 처음 도입된 터치스크린 인터페이스를 만들었는데, 이는 잡스가 게이츠도 참석한 행사에서 마이크로소프트 엔지니어의 말을 듣고 불쾌감을 느꼈기 때문이었다.

게이츠는 2007년 아이폰의 혁신성과 정교함을 높이 평가하는 것처럼 보였는데, 잡스는 파티가 끝난 후 직원들에게 터치스크린을 만들라고 지시했지만 그 당시 게이츠는 터치스크린에 대한 잡스의 영감의 원천을 알지 못했을 수 있다. 게이츠가 직접 메시지를 내놓는 대신 마이크로소프트의 CEO 발머가 아이폰 출시 전 아이폰을 폄하하는 데 앞장섰다.

"아이폰이 시장 점유율을 크게 높일 가능성은 전혀 없다. 아이폰은 500달러의 보조금을 받는 제품이다. 아이폰이 돈을 많이 벌어다 줄 수는 있다. 하지만 실제 판매된 13억 대의 휴대폰을 살펴보면, 2~3퍼센트를 가져갈 수 있는 애플보다 우리가 60이나 70퍼센트, 80퍼센트를 가져갈 수 있는 우리 소프트웨어를 갖는 게 더 좋다."

마이크로소프트는 윈도우를 기반으로 하는 휴대폰 시장을 창출하는 데 실패했고, 결국 2013년 노키아Nokia를 인수했다. 애플의 다음 행보는 2010년 출시된 아이패드였는데, 게이츠는 이를 전혀 좋아하지 않았다. 여전히 터치스크린 대신 넷북과 그가 중요하게 여기는 스타일러스를 선호했던 게이츠는 2007년의 아이폰이 아이패드보다 훨씬 더 위협적이었다고 인정했다.

"나는 터치와 디지털 리딩을 좋아하지만 여전히 음성, 펜, 실제 키보드, 즉 넷북이 혼합된 형태가 주류가 될 것이라고 생각한다. 그래서 나는 아이폰을 사용하면서 '맙소사, 마이크로소프트가 충분히 높은 목표를 세우지 못했어'라고 말했던 것과 같은 느낌을 받지는 않는다. 좋은 리더기이긴 하지만 아이패드에는 '오, 마이크로소프트가 이걸 만들었으면 좋았을 텐데'라고 생각할 만한 건 없다."

게이츠 및 잡스 감사 프로그램

2007년 디지털의 모든 것 컨퍼런스^All ThingsD Conference에서 게이츠와 잡스는 무대에 올라 공동 인터뷰에 응했는데, 둘은 상대방의 업적과 업계에 대한 공헌을 순순히 인정했다. 잡스는 게이츠 이전에는 소프트웨어 회사라는 개념이 존재하지 않았다고 말문을 열었다.

"아시다시피 빌은 업계 최초의 소프트웨어 회사를 세웠다. 업계에서 이 친구들을 제외하고는 누구도 소프트웨어 회사가 무엇인지 알기 전에 최초의 소프트웨어 회사를 세웠다고 생각한다."

게이츠도 1970년대에 출시된 초기 애플 컴퓨터에 대해 비슷한 의견을 나타냈다.

"스티브가 해낸 일은 정말 경이로운 일이며, 1977년 애플 II 컴퓨터를 돌이켜 보면 이 컴퓨터가 대중적인 기계가 될 것이라는 생각, 즉 다른 사람들도 제품을 가지고 있었지만 애플만의 독특함을 앞세운 도박, 그리고 이것이 놀랍도록 강력한 현상이 될 수 있다는 생각을 바탕으로 애플은 그 꿈을 추구해 나갔다."

잡스는 마이크로소프트가 애플과의 파트너십을 통해 혜택을 받았다는 점을 분명히 밝혔는데, 사실 마이크로소프트는 로터스Lotus가 PC용 소프트웨어의 대명사였기 때문에 맥용 소프트웨어 애플리케이션을 개발하기 전에는 프로그래밍 언어와 운영 체제에만 집중했다. 잡스는 1997년에 시작된 파트너십에 대해 언급하며 지난 10년 동안 게이츠와 결혼했다고 농담을 하기도 했다. 잡스는 또한 게이츠와의 협력의 중요성과 당시 회사의 미래를 개선하기 위해 애플이 수행해야 할 역할이 무엇인지를 깨달았다고 말했다.

"하지만 애플은 꼭 마이크로소프트를 이겨야 할 필요는 없었다. 애플이 어떤 존재였는지 기억해야 한다. 마이크로소프트는 당시 가장 큰 소프트웨어 개발사였고, 애플은 약했다. 그래서 빌에게 전화를 걸었다."

잡스는 게이츠가 마이크로컴퓨팅 혁명에 대해 다른 곳에서 했던 말을 떠올리며 자신이 1975년 당시 최연소였지만 2007년엔 최고령자가 되었다는 사실을 깨달았다고 말했다. 잡스가 더 오래 살았더라면 우리는 그

1997년 8월, 위성 링크를 통해 보스턴 맥월드 박람회의 게스트로 나온 빌 게이츠.

가 말한 'PC 이후의 기기로서의 휴대폰'이라는 표현의 의미를 알 수 있었을지도 모른다.

게이츠는 또한 마이크로소프트 외부에서 혁신이 계속 나올 것이며, 이러한 혁신이 개인용 컴퓨터의 지속적인 사용을 촉진하는 데 도움이 될 것이라고 기대했다.

"다른 회사에서 항상 훌륭한 새로운 것들이 나올 것이고, 여러분은 그러한 발명품의 혜택을 누리고, 그러한 발명품이 윈도우와 개인용 컴퓨터에 대한 수요를 촉진하고, 그러한 혁신적인 것들에 참여할 수 있는 위치에 있기를 원한다."

친구들 간의 마지막 대화

게이츠는 잡스가 사망하기 전 그와 마지막으로 나눈 대화에서 여러 해에 걸쳐 애플이 거둔 성공 주기에 대해 예리한 통찰력을 발휘했다. 애플은 하드웨어와 소프트웨어를 패키지로 설계하고 결합하는 것으로 명성을 쌓아 왔으며, 게이츠는 "스티브가 주도권을 쥐고 있을 때 통합 접근 방식이 효과적이었다. 하지만 그렇다고 해서 앞으로도 계속 성공할 것이라는 의미는 아니다"라고 말했다. 게이츠는 다양한 하드웨어 구성을 활용하는 자신의 모델이 마이크로소프트에서 잘 작동했지만 애플에서 하드웨어와 소프트웨어의 기능과 디자인을 결합한 것이 성공할 수 있었던 유일한 이유는 잡스 때문이라고 생각했다.

2011년 10월 잡스가 사망하자 게이츠는 개인 웹 사이트에 올린 짧은 글에서 두 사람이 알고 지낸 30년 가까운 세월 동안 잡스가 일으킨 충격에 관해 이야기했다. 실제로 게이츠와 잡스는 업계의 초기 혁신가로서 30년 이상 서로를 알고 지냈으며, 당시 잡스는 56세(게이츠는 56세 생일을 앞두고 있었다)였고, IBM은 30년 전에 PC를 출시했다. ABC 뉴스의 델라왈라 Delawala는 잡스가 사망한 직후 게이츠와의 인터뷰에서 막 출간된 아이작슨의 전기《스티브 잡스》에 나오는 잡스의 발언을 소개했다.

"빌은 기본적으로 상상력이 부족하고 아무것도 발명하지 않았기 때문에 기술보다는 자선 활동을 하는 것이 더 어울린다고 생각한다. 그는 뻔뻔하게 다른 사람의 아이디어를 도용했을 뿐이다."

게이츠는 기꺼이 비판을 받아들였고, 서로가 서로에 대해 칭찬뿐 아니라 거북한 말도 했다고 말했다.

"우리가 함께 일한 30년 동안 그는 나에 대해 아주 좋은 말도 많이 했고 혹독한 말도 많이 했다. 우리는 함께 일했다. 경쟁자로서도 서로에게 자극을 주었다. 그런 건 전혀 신경 쓰이지 않는다."

게이츠는 잡스가 애플과 마이크로소프트를 선악의 개념으로 생각했다는 사실도 인정하며 "여러 번, 그는 사면초가가 되었고, 여러분도 이해하고 있듯이 자신이 좋은 사람이라고 느꼈고, 우리가 나쁜 사람이라고 생각했다"라고 말했다. 그는 잡스가 자신을 사업적으로 높이 평가했지만 제품에 관해서는 그렇지 못하다고 생각했다는 것을 이미 알고 있었을 수 있다.

"그들은 제품 측면에서는 마땅히 그래야 할 만큼 열정적이지 않았다. 빌은 자신을 제품 전문가로 묘사하길 좋아하지만 실제로는 그렇지 않았다. 그는 사업가이다. 훌륭한 제품을 만드는 것보다 비즈니스에서 승리하는 것이 더 중요했다."

훗날 게이츠가 죽음을 앞둔 잡스에게 편지를 보내 경쟁자가 아닌 친구로서 그의 회사와 가족을 축원한 사실이 알려졌다.

잡스가 사망한 후 게이츠는 그의 아내 로렌Laurene으로부터 전화를 받았다. 그녀는 "이 전기에는 두 사람이 서로를 얼마나 존중했는지에 관해 제대로 묘사되어 있지 않다"라고 말했다. 그리고 그녀는 잡스가 그의 편지를 침대 옆에 두고 고맙게 생각했다고 말했다.

마이크로소프트를
떠난 후의 게이츠

— BILL GATES —

다른 억만장자들에게 영감 주기

마이크로소프트에서 물러난 뒤 게이츠는 자신의 전문 지식으로 다른 사람들에게 영감을 제공했고, 마이크로소프트를 위한 로비 활동을 했다. 그는 소셜 미디어에 의견을 활발하게 올렸고, 버크셔 해서웨이의 이사로도 활동했다. 마이크로소프트 외부의 재산은 대부분 캐스케이드 인베스트먼트Cascade Investment라는 개인 회사로 이전했다.

게이츠는 가장 부유하고 유명한 하버드대 중퇴생이지만, 경제에서 정보가 활용되고 공유되는 방식의 혁신에 기여한 바를 따지자면 그에 버금가는 인물이 있다. 페이스북의 CEO인 저커버그와 페이스북 공동 창업자인 에두아르도 사베린Eduardo Saverin은 창업 초기 하버드대에서 게이츠를 만났다. 게이츠는 2004년 2월 로웰 강의실에서 강연을 했는데 두 사람도 이 자리에 있었다. 당시만 해도 페이스북은 하버드대 캠퍼스 밖에서는 사용자 등록을 할 수 없었다. 이 사이트는 인기가 있기는 했지만 아직 글로벌과는 거리가 멀었다.

이 강연에서 게이츠가 보여 준 말투와 습관은 책《우연한 억만장자Accidental Billionaires》와 하버드대 학생 신문인《크림슨The Crimson》에 간략하게 언급되어 있다. 이 책에는 게이츠가 한 "수업에 가지 않는 끔찍한 버릇이 있어서 학교를 그만두었다"는 등의 농담이 몇 차례 언급되어 있다. 게이츠는 농담 외에도 여러 이야기를 들려주었다.

AI가 미래이며, 제2의 게이츠가 어쩌면 그 자리에 있을지도 모른다는 주옥같은 말을 했다. 특히 사베린은 게이츠가 학교를 그만두고 자신의 회사를 창업하기로 한 결정에 대한 질문에 답할 때 저커버그의 표정이 밝아지는 것을 보았다. 잠시 머뭇거리던 게이츠는 청중에게 하버드의 가장 큰 장점은 언제든 다시 돌아와서 학업을 마칠 수 있다는 점이라고 말했다.

신생 회사의 리더인 저커버그에게는 억만장자가 될 차세대 기술 혁신가가 청중 속에 있을 수 있다는 게이츠의 말이 인상 깊게 다가왔다. 또한 위험을 감수한 만큼 보상을 받을 수 있다거나 나중에 하버드로 돌아와 학위를 받을 수 있다는 말도 힘이 되었다. 그의 동료 사베린도 같은 말을 들었지만 고민에 빠졌다.

"사베린은 기업가 정신이란 위험을 감수하는 것을 의미하지만 어느 정도까지만 감수해야 한다고 생각했다. 어떻게 하면 부자가 될 수 있는지 알아내기 전에는 어떤 일에 자신의 미래 전체를 걸지 않는다는 것이었다."

《크림슨》의 기사에서는 마이크로소프트가 진행 중인 프로젝트에 대한 자세한 내용을 볼 수 있다. 게이츠는 마이크로소프트의 일상적인 경영권을 발머에게 넘겼지만, 강연을 보면 여전히 마이크로소프트에 관여하고 있음을 알 수 있었다. 게이츠는 "세계적으로 엘리트 컴퓨터 과학인력이 부족하다"고 한탄했는데, 한 학생의 질문에 마이크로소프트를 창업한 자신의 길을 따르기보다는 하버드에서 학위를 먼저 받는 것이 더 유리할 것이라고 대답했다.

게이츠는 아이팟과 비슷한 마이크로소프트가 만든 기기와 여러 기능을 갖춘 '스마트워치'를 청중에게 선보였다. 지난 30년 동안 지적 재산과 관련하여 일관되게 강조해 온 주장도 다시 꺼냈다. 이와 관련하여 그는 불법 파일 공유를 방지할 수 있는 다양한 디지털 기술을 사용하지 않는

바람에 "사람들이 너무 쉽게 라이선스를 사용하지 않도록 만들었다"고 주장하면서 실제로 마이크로소프트의 일부 제품도 타인의 지적 재산을 침해할 수 있다고 설명했다.

마이크로소프트는 페이스북 모델을 통해 수익을 창출하는 법을 배웠다. 실제로 마이크로소프트는 증권 거래소에서 페이스북 주식이 거래되기 전인 2007년에 페이스북에 직접 투자한 바 있다. 구글과의 공개적인 입찰 경쟁 끝에 마이크로소프트는 페이스북의 지분 1.6퍼센트를 2억 4000만 달러에 매입했는데, 이는 페이스북의 가치를 150억 달러 이상으로 평가한 것으로서 이 회사의 연 매출 1억 5000만 달러의 100배가 넘는 금액이다.

이 투자는 마이크로소프트에 얼마나 효과가 있었을까? 2014년 1월 1일에 페이스북의 기업 가치는 1300억 달러가 넘었는데, 이는 2억 4000만 달러의 투자가 6년여 만에 20억 달러가 넘는 가치가 되었다는 의미다.

여성의 역량 강화

빌 앤드 멀린다 게이츠 재단의 모토는 모든 생명은 동등한 가치를 지닌다는 것이다. 게이츠는 모두가 프로그래밍을 할 순 없다고 단호하게 주장했지만, 《하늘의 절반Half the Sky》이라는 책에 따르면 남성과 여성으로 분리된 청중을 상대로 한 연설에서 모두가 세상에 기여할 수 있는 소중한 존재라고 믿는다고 말했다.

게이츠는 사우디아라비아에 초대돼 연설할 때 남녀가 분리된 청중을 마주한 적이 있다고 회상했다. 청중의 5분의 4는 남성이었고 왼쪽에 앉아 있었다. 나머지 5분의 1은 검정 망토와 베일로 가린 여성으로, 모두 오른쪽에 있었다. 칸막이가 두 그룹을 분리했다. 마지막 질의응답 시간에 한 청중이 사우디아라비아가 2010년까지 기술 분야에서 세계 10대 국가가 되는 것을 목표로 하고 있다면서 이것이 현실적인 목표인지 물었다. 게이츠는 "사우디에 있는 인재의 절반을 충분히 활용하지 못한다면 10위권에 근접할 수 없을 것"이라고 답했다. 오른쪽의 소규모 그룹은 열렬한 환호를 보냈고, 왼쪽의 많은 청중은 미지근한 박수를 보냈다.

마이크로소프트에 대한 소유 지분 감소

2004년 12월, 게이츠는 버핏이 운영하는 대기업 버크셔 해서웨이의 이사로 선임되었다. 2013년 중반에는 링크드인^{LinkedIn} 계정을 만들었고, 한 달에 약 한 편의 글을 게시하는 인플루언서가 되었다. 그는 자신이 배운 것과 열정적으로 추진하는 활동을 통해 세상을 더 나은 곳으로 만들고자 하는 구상을 이야기했다. 컴퓨터 과학을 가르치는 교수들을 위한 연례 마이크로소프트 총회에 참석한 후, 그는 컴퓨터 과학과 같은 다양한 학문 분야의 전문가들이 예를 들어 질병 확산에 대한 분석 모델을 개발하는 등 세상에 기여할 수 있는 방법에 대한 글을 올렸다.

또 다른 게시물에서 그는 버핏으로부터 배운 가장 중요한 것들에 대해 말했다. 버핏이 생각보다 훨씬 더 정교한 투자자라는 것과 버핏이 투자에 사용하는 접근 방식이 빌 앤드 멀린다 게이츠 재단의 자선 활동에서도 적용된다는 것이었다.

게이츠는 2000년 이후 마이크로소프트의 CEO는 아니었지만, 2000년부터 2014년까지 회장직을 이용해 마이크로소프트의 이익을 꾸준히 도모했다. 예를 들어, 그는 미국의 경쟁력 제고를 주제로 한 의회 청문회에 출석하여 유능한 컴퓨터 프로그래머를 위한 H1-B 비자● 프로그램의 개혁 필요성에 대해 증언했다.

"최고의 인재들이 고용될 것이다. 단지 어느 나라에서 고용되느냐의 문제일 뿐이다. 만약 이 최고의 엔지니어들이 인도에서 일해야 한다면, 우리는 인도에서 학생들을 고용해 함께 일할 것이다."

즉, 게이츠는 세계 최고의 프로그래머 가까이에 직원을 배치해야 하며, 그 프로그래머들이 미국으로 올 수 없다면 마이크로소프트는 그 전

● 미국의 전문직 취업 비자. 외국인이 미국의 IT 관련 기업에 취업해 미국에 체류하려면 이 비자를 받아야 한다.

문가들로부터 배울 수 있도록 해외에 더 많은 직원을 배치해야 한다고 말한 것이다.

　게이츠는 마이크로소프트 이외의 조직에 대한 활동을 넓혀 갔지만, 마이크로소프트의 저조한 제품 실적, 2014년 2월 발머의 CEO 퇴진, 그가 보유한 마이크로소프트 주식 매각 등의 사안이 벌어질 때마다 마이크로소프트 이사회 의장직 유지에 대한 비판을 받았다. 실제로 연방 정부에서 요구하는 공시에 따르면 게이츠는 2년이 채 되지 않은 기간 동안 그가 보유한 마이크로소프트 주식의 30퍼센트 이상을 매각한 것으로 나타났다. 게이츠는 마이크로소프트 주식 매각 대금과 배당금을 다른 회사에 투자하고 재단에 기부했다. 현재와 같은 주식 매각 속도가 계속된다면 게이츠는 2018년에는 마이크로소프트 주식을 한 주도 소유하지 않게 될 것이다(2023년 말 현재 게이츠가 보유한 마이크로소프트 주식은 1.38퍼센트 정도로 추정된다).

　게이츠는 마이크로소프트 소유 지분이 5퍼센트 미만으로 줄어드는 상황에서도 이사회 의장으로 계속 있으면서 발머를 교체하는 데 관여했다. 2014년 2월에 사티아 나델라Satya Nadella를 마이크로소프트의 새로운 CEO로 임명한다는 발표가 있었다. 22년 경력의 베테랑을 일상 업무를 담당하는 최고 경영진으로 발탁한 것이다. 이 발표와 동시에 게이츠는 이사회 의장이라는 막강한 직책에서 물러나 기술 고문이 되었다. 기술 고문이라는 새로운 직책은 기술 문제에 관해 새 CEO에게 조언을 제공하는 역할을 맡는다. 이런 변화는 게이츠가 2008년부터 남은 생애 동안 자신의 전업이라고 묘사해 온 빌 앤드 멀린다 게이츠 재단에도 영향을 미칠 수 있었다. 게이츠는 새 CEO 나델라에 관해 그가 자주 해 온 말로 설명했다.

"나델라는 탁월한 엔지니어링 기술, 비즈니스에 대한 비전, 사람들을 하나로 모으는 능력을 갖춘 검증된 리더이다. 전 세계에서 기술이 어떻게 사용되고 경험될지에 관한 그의 비전은 마이크로소프트가 제품 혁신과 성장의 다음 장에 진입하는 데 필요한 것이다."

회사 외부의 지분

게이츠는 현재 대부분의 재산을 마이크로소프트 회사 밖에서 관리하고 있다. 공개적으로 거래되고 다양한 보고를 해야 하는 마이크로소프트와 달리, 개인이 소유한 회사는 이러한 형태의 공시가 필요하지 않다. 게이츠가 개인 회사에 재산을 보유하는 데는 여러 가지 이점이 있는데, 이는 순자산이 많은 개인들이 흔히 취하는 방식이기도 하다. 그는 여러 회사의 주식을 거래하는데 유한 책임 회사ᴸᴸᶜ를 이용하면 해당 회사에서 자금을 빼기로 결정하기 전까지는 어떤 이익에 대해서도 세금을 내지 않아도 된다. 그 결과 매년 소득세로 내야 하는 금액을 억제하면서 이익을 유지하고 자산 대부분을 생전에(또는 마지막 생존 배우자가 사망한 후 20년 이내에) 기부하겠다는 서약을 지키기 위한 자금을 조성할 수 있다.

 게이츠가 마이크로소프트, 빌 앤드 멀린다 게이츠 재단, 코비스^Corbis 외에 투자한 자산은 캐스케이드 인베스트먼트 유한 회사라는 이름으로 보유하고 있다. 개인 기업으로서 게이츠의 보유 자산 중 상당수는 관련 법률에 따라 보고할 필요가 없다. 그러나 게이츠가 투자하는 조직 유형에 대한 정보는 규제 기관에 제출하는 서류(필요한 경우)와 보도 자료를 통해 확인할 수 있다.

 게이츠는 1994년부터 최고 투자 책임자로 마이클 라슨^Michael Larson을 고용하고 있다. 라슨은 대체로 게이츠가 회사의 지분을 10퍼센트 이상 보유하고 있는 기업의 이사회에서 그의 이익을 대변한다.

코비스에 대한 소송

 게이츠가 초기에 설립한 회사였던 코비스는 원래 이름이 인터랙티브 홈 시스템^Interactive Home Systems이었다. 1989년 창업 당시 게이츠는 개인이 텔레비전처럼 가정에서 사용할 수 있는 영상을 구매하고 싶어 할 것이라고 믿었지만 약간의 계산 착오가 있었다.

코비스에서 판매하는 모든 제품은 이미지, 동영상 또는 여러 유명인, 음악가, 영화의 초상을 사용할 수 있는 권리이기 때문에 지적 자산에 대한 게이츠의 신념을 이어 가고 있다고 할 수 있다. 소프트웨어와 마찬가지로 라이선스가 적용되는 항목은 사용할 때마다 새로 만들어야 하는 것이 아니다. 예를 들어, 한번 생성한 사진은 추가 비용 없이 여러 번 재라이선스할 수 있으며, 특히 온라인 구매가 가능한 경우 더욱 그렇다. 따라서 라이선스를 추가할 때마다 회사의 한계 비용이 거의 발생하지 않으므로 낮은 판매 비용에도 불구하고 추가로 판매할 때마다 수익이 발생할 수 있다.

게리 셴크Gary Shenk가 코비스의 CEO를 맡고 게이츠가 이사회 의장을 맡았는데 이 방식은 2014년 2월 사티아 나델라가 새 CEO로 임명될 때까지(게이츠가 대신 멘토 역할을 맡기로 함) 게이츠가 이사회 의장을 계속 맡고 발머가 CEO를 맡았던 마이크로소프트의 경우와 매우 비슷하다.

코비스 산하에는 총 네 개의 자회사가 있으며, 각각 다른 고객층에 서비스를 제공하고 있다. 코비스 이미지Corbis Images는 스틸 사진 판매에 주력하고, 코비스 모션Corbis Motion은 동영상에 주력하는데 도시와 풍경을 촬영한 항공 동영상이 포함된다. 예를 들어 개인은 코비스 이미지를 통해 게이츠의 사진을 구매하고 사용 허가를 받을 수 있다. 유명인 마케팅, 기존 영화 및 음원 재산은 그린 라이트 라이센스라는 이름을 사용하는 코비스 엔터테인먼트Corbis Entertainment에서 관리한다. 예를 들어 알베르트 아인슈타인Albert Einstein, 찰리 채플린Charlie Chaplin, 마틴 루서 킹 주니어Martin Luther King Jr. 박사, 스티브 맥퀸Steve McQueen의 이미지를 사용하려면 게이츠가 운영하는 회사의 허가를 받아야 한다.

또 다른 자회사는 컴퓨터 사용자를 위한 예술 사진 및 특수 글꼴을 판매하는 비어Veer라는 회사로, 주로 코비스에서 판매하는 저가 품목을 취급한다. 그리고 대중문화와 관련된 유명인 및 개인과 관련된 최신 사진, 뉴스 및 이야기를 전문으로 하는 스플래시 뉴스Splash News가 있다.

코비스는 항상 수익성이 좋은 회사는 아니었고 한때는 구조 조정이 필요했다. 셍크 CEO는 인터뷰에서 2006~2007년 당시 회사가 직면한 주요 문제로 세 가지를 짚었다. 사진 등 다른 산업에서 볼 수 있듯이 인화사진에서 디지털로 빠르게 전환하고 있었다. 또한 휴대폰이나 태블릿 PC 같이 디지털 사진을 촬영하고 표시할 수 있는 성능이 뛰어난 기기가 등장했다. 마지막으로, 코비스가 150달러부터 500달러에 이르는 고가 옵션을 전문으로 제공하던 시기와 달리 전 세계 수백만 명의 개인이 사진을 제작하면서 저비용 또는 무료 옵션을 쉽게 이용할 수 있는 시장이 형성되었다.

저비용 제품이 보편화되고 있을 때 고비용 제품을 제공하는 문제는 얼마 지나지 않아 시작된 글로벌 경기 침체로 더욱 악화되었다. 다행히도 게이츠는 이 회사를, TV를 통한 디지털 미디어에 집중하던 회사에서 개인과 전문가를 위한 고비용 제품은 물론 저비용 제품을 포함한 모든 범위의 라이선스를 제공하는 전문 미디어 기업으로 재구성할 필요성을 간파했다.

코비스는 인포플로우스InfoFlows라는 회사의 지적 재산을 훔친 혐의로 소송을 당했다. 이 사건에 관한 가장 최근의 공개 문서에 따르면 워싱턴 주 항소 법원은 코비스가 인포플로우스에 1275만 달러를 배상금으로 지급해야 한다고 판결했다. 이는 원래 청구된 손해 배상액 3600만 달러보다는 적은 금액이다. 최초 주장에 근거해 코비스에 대한 벌금이 재확인된 것은 코비스의 특허 출원서를 작성하는 데 인포플로우의 지적 재산이 사용되었음을 의미한다.

인포플로우스의 주장에 따르면 코비스는 4개월 만에 갑작스럽게 계약을 해지하고 해당 기술에 대한 소유권을 주장했다. 그 후 인포플로우스는 코비스가 자사의 지적 재산IP을 기반으로 한 특허를 보유하고 있다는 사실을 발견했다. 2007년 1월, 코비스는 계약 위반과 영업 비밀 도용을 이유로 인포플로우스를 고소했다. 그러자 인포플로우스는 다양한 사기 혐의를 주장하며 맞소송을 제기했다.

PART 6

빌 앤드 멀린다
게이츠 재단

재산을 환원하기로
약속하다

— BILL GATES —

대규모 기부 선례

게이츠 부부는 세계에서 가장 큰 자선 재단을 설립하여 그동안 모은 재산의 대부분을 사회에 환원하기로 약속했다. 게이츠는 2008년 마이크로소프트에서 퇴사한 이후 빌 앤드 멀린다 게이츠 재단에서 전념하겠다고 선언했다.

게이츠는 1994년 세상을 떠난 어머니가 그의 성장기에 실천한 사회적 대의에 참여하는 것의 중요성을 알고 있었다. 그러나 그는 자신의 사회 참여가 어머니의 강요 때문은 아니라는 점을 분명히 했다. 실제로 게이츠는 자신이 쌓은 재산으로 문제 해결에 기여할 수 있다는 사실에 개인적 보람과 만족감을 느꼈다.

자선 활동 측면에서 게이츠는 과거 비즈니스 혁명을 통해 엄청난 부를 축적했던 다른 인물들을 롤 모델로 가지고 있었는데, 존 D. 록펠러John D. Rockefeller, 앤드류 카네기Andrew Carnegie, 존 피어폰트 모건John Pierpont Morgan 같은 유명 인사들이었다.

록펠러는 어떤 기부를 했을까? 그는 주로 교육 기관에 기부했는데, 19세기에 애틀랜타의 흑인 여성 교육 기관인 스펠만 대학Spelman College이 설립될 때 자금을 지원하는 등 소외된 계층을 위한 기부는 물론, 십이지장충 퇴치 노력 등 공중 보건 증진 활동에도 많은 기부를 했다.

카네기는 교육, 특히 도서관에 많은 관심을 기울였다. 한때 카네기는 미국 전역에 있는 도서관 가운데 거의 절반에 건축비를 지원했을 정도로 미국 역사에 큰 영향을 미쳤다. 카네기 멜론 대학교Carnegie Mellon University는 그가 설립한 대학과 멜론 연구소Mellon Institute가 합쳐진 것이다. 카네기는 아프리카계 미국인 교육을 지원하기 위해 터스키기 연구소Tuskegee Institute에도 기금을 제공했다. 그는 과학 및 연구를 위한 기금을 제공했고 카네기 홀을 통해 예술을 지원했다. 모건은 대학, 대학교, 박물관에 기부했으며 평생 수집한 물품은 교육용 도구와 박물관 소장품으로 활용되었다.

　게이츠는 100년 전 록펠러, 카네기, 모건이 그랬던 것처럼 자신의 기술적 전문성을 활용하여 교육받을 기회를 넓히고, 도서관과 협력하며, 고등 교육을 지원하고, 아프리카계 미국인 및 기타 소외 계층의 생활 개선을 돕고, 보건 사업에 힘쓰고, 새로운 과학적 접근법을 홍보하고, 수집품을 박물관의 전시물로 활용하는 등 따를 수 있는 선례가 많았다. 또한 적은 비용으로 많은 사람에게 혜택을 주고 생명을 구하는 데 집중하고 열정을 쏟은 게이츠의 자선 활동은 앞서 언급한 모든 것을 달성하는 데 큰 도움이 될 수 있었다. 하지만 게이츠가 처음부터 자선 활동 또는 수집에 그렇게 적극적으로 나선 것은 아니었다.

게이츠와 레오나르도 다빈치

　게이츠와 레오나르도 다빈치에게는 남들이 보지 못한 기회와 연결 고리를 포착하는 능력 외에 어떤 공통점이 있을까? 게이츠는 1994년 크리스티 미술품 경매에서 3080만 2500달러에 다빈치의 과학 논문집 가운데 하나인《코덱스 레스터Codex Leicester》•를 사들였다.

• 다빈치가 쓴 과학에 관한 메모를 모은 책.

이 문서는 왜 그렇게 높은 가격에 팔렸을까? 다빈치의 작품 중《코덱스 레스터》를 제외하고 개인이 소유한 것은 없고, 알려진 모든 문서는 정부나 박물관이 소유하고 있다. 그렇다면 역사상 가장 위대한 발명가 중 한 명이 600여 년 전에 만든 작품을 소유하게 된 사람은 그것으로 어떤 일을 할 수 있을까?

게이츠는 이 작품을 그의 디지털 이미징 회사 코비스에서 사용했지만, 다른 사람들이 이 중요한 문서를 볼 수 있도록 전 세계와 공유하기를 원했다. 그 과정에서 사소한 문제가 발생했는데, 게이츠는 고가의 예술품이나 시간이 지나면서 역사적 의미가 있는 작품을 구입하는 것이 어떤 결과를 가져올지 시험해 보기로 했다. 그의 재력에도 불구하고 뉴욕에서 3000만 달러가 넘는 물건을 구매하기란 꽤나 부담스러운 일이었다. 게이츠는 워싱턴주 거주자로서 다른 주에서 구매한 물건을 워싱턴주로 가져올 때 세금을 내야 한다는 사실을 알고 있었다.

1995년 게이츠는 아버지의 로펌에 근무하는 사람에게 전화를 걸어 도움을 청했고, 주 국세청 관계자와 함께 새로운 법안을 통과시키기 위해 노력했던 변호사는 나중에 이렇게 회상했다.

"만약 게이츠가 다빈치 필사본을 워싱턴주로 가져오기 위해 약 300만 달러를 내야 했다면 그는 굳이 그렇게 할 이유가 있었을까? 게이츠는 집이 여덟 혹은 아홉 채나 있다. 그는 이용세use tax●를 내지 않아도 되는 주에 그대로 둘 수 있다. 나는 미술품 수집가에게 이용세를 부과한다면 그들은 (미술품을) 주에 반입하지 않거나 아예 구매하지 않을 것이라고 생각했다. 그래서 나는 법안이 구체적이고 의도한 것보다 더 많은 (면제) 조항을 포함하지 않도록 법안 초안 작성을 돕는 게 내 임무라고 생각했다."

일부 반대가 있었기 때문에 법안은 통과되지 못했다. 워싱턴주의 다른 귀중품 수집가들은 법이 요구하는 세금을 납부하지 않고 있었고, (10년 후 언론에 보도될 때까지) 발의된 법안은 조용히 사라졌다. 기자는 게이츠가 법적으로 요구되는 세금을 납부하고 귀중품을 워싱턴주에 반입했으며, 1997년 시애틀 미술관, 2006년 보잉 비행 박물관 등 지역 사회와 전 세계에서 공개 전시를 할 수 있도록 허용했다고 밝혔다.

도서관 프로젝트와 소수자 교육

첫 번째 주요 사업은 1996~2003년 북미에서 진행된 도서관 프로젝트였다. 초점은 주로 미국과 캐나다의 빈곤한 시골 지역 공공 도서관에 컴퓨터와 교육을 제공하는 것이었다. 이 단일 프로젝트의 규모는 거의 1억

● 다른 주에서 사서 가져오는 물품에 부과되는 주 정부의 세금.

8000만 달러에 달했다.

"우리는 교육과 초기 하드웨어 보조금을 지원했고, 마이크로소프트는 사람들이 사용하는 소프트웨어의 일부를 제공했지만, 연결성 부분은 계속 진행 중이다."

가족과 소통하고 일자리를 찾기 위해 인터넷을 사용하는 것은 예견된 일이었고, 머지않아 게이츠 재단이 지원에 나설 의료 문제에 대한 정보 검색도 새롭게 등장했다. 이 프로젝트는 약 1만 1000개 기관에 4만 7000대 이상의 컴퓨터와 6만 2000개의 교육 기회를 제공했다. 지원금 지급 당시에는 인터넷이 지금처럼 보편적이지 않았기 때문에 이 프로젝트의 목표는 도서관을 방문하는 모든 사람이 인터넷에 접속할 수 있도록 하는 것이었는데, 게이츠의 추산에 따르면 그 목표는 약 95퍼센트 달성되었다.

게이츠는 마이크로소프트 제품 제공이 새로운 고객을 유치하는 것처럼 보인다는 비판을 예상하긴 했지만, 컴퓨터가 없거나 인터넷에 접속할 수 없는 사람들이 어떻게 하면 이 도구의 혜택을 누리게 할 것인가의 문제는 빈부의 문제라고 생각했다. 다만 그는 시골 사람들을 인터넷으로 연결하려는 목표가 시골 지역 인구의 이탈을 부추긴다는 《뉴욕 타임스》에 실린 비판 같은 반응은 예상하지 못했다.

그는 책과 컴퓨터에 대한 명확한 미래 비전을 제시하면서 《월스트리트 저널》의 독자가 종이 75퍼센트, 컴퓨터 25퍼센트로 구성되어 있지만

"결국 컴퓨터 화면은 더 작아지고 휴대가 간편해질 것"이라고 말했다. 이미 2003년에 게이츠는 머지않아 아마존의 킨들Kindle, 애플의 아이패드, 반스 앤드 노블Barnes & Noble의 누크Nook, 그 외 다양한 제조사의 태블릿이 책을 읽는 방식을 종이 기반에서 전자 방식으로 완전히 전환시킬 것이라고 내다봤다.

다른 사람들은 카네기와 비교하며 도서관 프로젝트에 열광했는데, 카네기는 도서관 건설 비용은 지원했지만 책과 자료는 지역 사회가 마련해야 했다. 마틴Martin은 기술계의 거물들이 도서관에 기술을 지원하고, 인터넷에 접속할 수 없었던 사람들이 혜택을 받고, 새로운 자원을 교육시키기 위해 일정한 역할이 필요한 것은 당연하고 예상할 수 있지만, 이런 활동은 인터넷에 접속할 수 없는 사람들을 겨냥한 마케팅의 한 형태로 여겨졌다고 지적했다.

미국 고등 교육 학회지JBHE, Journal of Blacks in Higher Education는 1997년 발행한 저널에서 당시 게이츠가 기부한 금액 중 7.2퍼센트가 전통적인 흑인 대학HBCUs에 돌아갔다는 보고서를 발표했다. 당시 게이츠는 기부금을 크게 늘리지는 않았지만, 보고서 저자들은 게이츠의 기부가 당시 수준을 유지한다면 1997년 현금으로 기부된 금액은 당시 모든 사립 흑인 대학들이 받은 모든 기부금의 최소 세 배에 달할 것이라고 말했다. 저자들은 게이츠가 의도적으로 흑인 대학에 손을 내밀었고, 게이츠의 재산 중 적은 비율이라도 흑인 대학에는 큰 영향을 미칠 수 있다고 지적했다.

2년 후 같은 JBHE 저널에서 크로스Cross는 빌 앤드 멀린다 게이츠 재단이 게이츠 밀레니엄 장학금Gates Millennium Scholarship Fund Endowment을 통해 흑인 대학 기금 협회UNCF에 10억 달러를 기부했으며, 특히 이 프로그램은 대학 교육을 희망하는 저소득 소수계에게 학자금을 제공한다고 기술했다. 크로스는 인구 조사국에 따르면 소수계 가정은 평균적으로 재산이 백인 가정의 약 10분의 1에 불과하며, 이로 인해 많은 소수계 학생들이 대학 교육을 받지 못하고 있다는 사실을 밝혀냈다.

그런데 이 장학금의 재원이 정부 기관이 아닌 민간 기부금임에도 불구하고 가난한 소수계 학생들에게게만 기회를 제공하는 데 대한 우려가 있었다. 게이츠 밀레니엄 장학금 프로그램은 아프리카계 미국인, 아메리칸 인디언-알래스카 원주민, 아시아 태평양계 미국인, 히스패닉계 미국인 학생에게 계속 열려 있다.

교육에 기부한 10억 달러는 매우 큰 액수이지만, 게이츠의 순자산에서 10억 달러는 극히 일부에 불과했다. 2년 후인 2001년, JBHE는 1995년 미국 인구 조사국 데이터를 바탕으로 추정했더니 게이츠 혼자서 마이크로소프트 주식으로만 미국 내 모든 흑인 가구의 전체 재산을 합친 것보다 거의 열 배나 많은 재산을 보유한 것으로 나타났다고 밝혔다. 게이츠는 재산의 대부분을 기부하기로 결심했지만, 다른 사람들은 게이츠가 해외는 물론 자국 내 다른 사람들과 비교했을 때 막대한 부를 보유하고 있다는 점에서 불공평하다는 지적을 계속했다. 재산 기부를 약속하고 두 가지 사업을 진행 중이었지만 게이츠는 소비자 운동가인 랠프 네이더라는 뜻밖의 인물로부터 뜨거운 관심을 받았다.

1998년 랠프 네이더의 운동

네이더는 게이츠, 버핏, 빌 앤드 멀린다 게이츠 재단, 그리고 나중에 게이츠와 버핏이 시작한 기부 서약과 어떻게 연결되어 있을까? 이 이야기는 네이더가 마이크로소프트 재판으로 이어진 문제를 포함하여 여러 가지 문제로 게이츠를 압박하던 1998년으로 거슬러 올라간다.

1998년 7월 27일 네이더는 게이츠의 재산에 관한 숫자로 시작하는 편지를 게이츠에게 보냈는데, 한 연구에 따르면 당시 게이츠는 미국인 하위 40퍼센트의 재산을 모두 합친 것보다 많은 재산을 보유하고 있었다. 네이더는 더 나아가 당시 전 세계 억만장자 385명의 재산이 지구상에서 가장 가난한 30억 명의 재산보다 더 많다는 사실을 지적했다. 그래서 네이더는 이 엄청난 부자들이 전 세계의 다른 사람들을 돕기 위해 무엇을 할 수 있을지에 관한 몇 가지 아이디어를 제시했다.

그는 미국에서는 드문 질병이지만 세계적으로 많은 사망자를 발생시키는 질병들이 있는데, 이는 효과적이고 저렴한 치료법이 있지만 기업이나 정부가 체계적인 조치를 취하지 않기 때문이라고 설명했다. 이어서 결핵과 말라리아로 인한 사망자가 증가하고 있으며, 지난 한 해 동안 거의 600만 명이 사망한 것으로 기록되었다는 사실도 언급했다.

네이더는 게이츠의 글, 연설, 행사 등을 통해 세계 3대 부호 중 한 명인 게이츠와 버핏이 매우 친한 친구라는 사실을 알고 있었다. 그는 게이츠와 버핏이 억만장자 정상 회의billionaire summit를 만들어 성공한 두 사업가의 전문성과 자원을 활용하여 세계의 문제를 해결하는 데 활용해 보자는 제안을 했다.

"억만장자들이 국가와 세계의 빈부 격차를 확인하고 그 문제에 대해 무엇을 할 것인가를 주제로 토론하는 것이다. 경제 생산의 양과 질, 분배 측면을 보면서 참가자들은 경제 시스템의 근본적인 목적과 지표를 확실히 이해할 수 있을 것이다."

게이츠가 네이더의 편지에 답장을 보냈을까? 게이츠는 8월 4일 실제로 답장을 보내면서 생전에 재산 대부분을 기부하기로 이미 약속했으며, 가장 많은 사회적 이익을 제공하려면 마이크로소프트를 성공적으로 운영함으로써 자신의 재산을 보호해야 한다고 말했다. 그는 또한 한 분야의 전문가일지라도 전문성이 부족한 다른 분야에 권고를 해서는 안 된다고 말하기도 했다.

"한 분야에서 성공한 사람이 다른 분야에서도 모든 해답을 알고 있다고 주장하는 것은 신중해야 한다는 제 친구 버핏의 말에 동의한다."

게이츠는 미국에서 도서관 프로젝트를 진행하면서 기술이 교육과 개인 건강 측면에서 사회적 개선을 가져온다는 사실을 알고 있었다. 예를 들어, 사람들은 인터넷에 접속하여 의사소통을 할 뿐만 아니라 건강 문제와 질병 진단을 연구하는 데도 인터넷을 사용했다. 게이츠는 저서 두 권에서 기술 발전과 개선을 주제로 삼았다.

그는 또한 인생의 한 측면에서의 성공을 발판 삼아 다른 분야의 전문성을 도출하는 것에 대해 미묘한 언급을 했다. 게이츠의 전문 분야는 기술과 비즈니스, 버핏의 전문 분야는 투자, 네이더의 전문 분야는 소비자 운동이었다. 세 사람 모두 광범위한 사회 개선을 위한 활동을 주도한 전문가는 아니었기 때문에 이 말은 세 사람 모두에게 적용되는 것으로 해석할 수 있다.

네이더는 게이츠의 편지를 계기로 성명을 한 번 더 발표했는데, 게이츠의 자선 활동에 의문을 제기한 것은 아니고, 부의 불평등에 관심을 기울이면 해결할 수 있는 문제에 대해 최고의 부자들이 만나서 이야기해 달라고 요청했을 뿐이라고 답했다. 네이더는 또한 자신의 제안이 타당하다고 생각한 아주 부유한 다른 두 사람과의 대화에 대해서도 언급했다.

테드 터너Ted Turner●와 솔 프라이스Sol Price●●가 억만장자들이 이 문제를 해결해야 한다고 믿는 사람들이었다면, 네이더는 왜 게이츠가 이 회의를 주도해야 한다고 고집을 부렸을까? 네이더는 전년도에 마이크로소프트에 대한 공격을 시작하여 1997년 11월 '마이크로소프트와 글로벌 전략 평가'라는 컨퍼런스를 열었다. 게이츠는 1997년 11월 마이크로소프트 주주 총회에서 네이더가 주도한 이 컨퍼런스를 언급했다. 네이더는 컨퍼런스를 마이크로소프트 주주 총회와 같은 날로 잡았기 때문에 게이츠나 다른 고위 임원들이 이 제안에 관심이 있더라도 참석할 가능성은 거의 없었다. 마이크로소프트 주주 총회는 네이더가 게이츠의 참석을 요청하기 일주일 전에 발표되었다.

게이츠는 개인적으로 네이더의 초청에 응하지 않았지만, 마이크로소프트는 부사장 겸 최고 운영 책임자인 밥 허볼드Bob Herbold 명의의 서한을 통해 마이크로소프트 비판자와 경쟁사, 마이크로소프트에 소송을 제기한 사람들이 주도하는 토론회는 의미 있는 담론의 기회를 제공하지 못

● CNN, TBS, 애틀랜타 브레이브스, 미국 최대 토지 소유자로 유명하다.
●● 그의 프라이스 클럽 매장은 현재 코스트코 체인의 일부가 되었다.

할 것이라고 반발했다. 마이크로소프트가 추천한 토론자가 거부되면서 전체 회의는 캥거루 법정(엉터리 재판)에 비유되기도 했다.

허볼드는 컴퓨팅 혁명으로 인해 컴퓨팅의 접근성, 속도, 비용이 극적으로 감소했기 때문에 다른 주요 산업들이 소비자에 대한 가치 증가 속도를 유지할 수 없게 되었다는 점을 지적하며 서한을 마무리했다.

"마이크로소프트가 경쟁과 혁신에 방해가 된다는 당신의 전제는 잘못된 생각이다. 작년에 AT&T의 한 임원은 1971년 마이크로프로세서가 발명된 이래 컴퓨팅 비용이 천만 배나 떨어졌다고 말했다. 이는 피자 한판 가격으로 보잉 747을 구매할 수 있게 된 것과 같다. 이러한 혁신이 자동차 기술에 적용되었다면 새 자동차의 가격은 약 2달러 정도이고, 이 차는 음속으로 주행하며 기름 한 방울로 600마일을 달릴 수 있었을 것이다."

허볼드는 마이클 로스차일드^{Michael Rothschild}●●●의 발언을 게이츠, 마이크로소프트 그리고 기술업계의 다른 사람들의 주장을 뒷받침하는 근거로 인용했다. 25년이 채 안 되는 시간 안에 컴퓨터의 성능이 향상되고 널리 보급되면서 1970년대 초 대기업이 사용할 수 있었던 가장 큰 컴퓨

●●● AT&T 임원.

터보다 성능이 훨씬 뛰어난 가정용 제품을 대부분의 미국 가정이 적은 비용으로 구입할 수 있게 되었다.

다음 날《뉴욕 타임스》에 실린 클라우징^{Clausing}의 기사에서 알 수 있듯이, 마이크로소프트 측 참석자가 없는 행사에서 벌어질 반대파의 공격에 대한 우려는 현실로 드러났다. 물론 마이크로소프트 경영진은 마이크로소프트 주주 총회에 참석했다.

기조연설에 나선 썬 마이크로시스템즈의 최고 경영자 스콧 맥닐리^{Scott McNealy}는 자신이 윈도우를 대체할 수 있는 운영 체제인 자바를 보유한 유일한 경쟁자이기 때문에 공개적으로 마이크로소프트에 대항할 수 있다고 청중들에게 말했다.

"이것은 웹의 표준에 관한 것이다. 마이크로소프트의 힘에 기꺼이 맞설 수 있는 사람은 거의 없다. 어떤 사람들은 썬이 마이크로소프트를 재판매하지 않음으로써 자살행위를 하고 있다고 생각한다. 나는 선택의 여지가 없다면 그것이 웹에서의 자살이라고 생각한다."

게이츠의 자선 활동

게이츠는 네이더와 교류가 거의 없었기 때문에 그게 제안한 것을 곧바로 받아들여 즉시 억만장자 회의를 소집하고 적은 자금으로도 생명을 구할 수 있는 보건 활동 등 세계적인 문제를 해결하기 위한 자선 활동에 나설 가능성은 거의 없었다. 10년 정도 흐른 후 게이츠와 버핏은 전 세계 억만장자들이 자선 활동에 참여하는 운동을 이끌게 되고, 게이츠는 생명을 구할 수 있는 보건 활동에 집중하기 시작했다.

많은 비영리 단체의 활발한 참여와 게이츠와 다른 억만장자들이 주도한 활동에도 불구하고 네이더가 처음 편지를 보낸 시점 이후 빈부의 격차는 더욱 커졌다. 옥스팜Oxfam은 크레디트 스위스Credit Suisse의 〈2013 글로벌 부 보고서〉에 나타난 정보를 바탕으로 당시 세계에서 가장 부유한 85명이 지배하는 부의 규모가 전 세계 인구의 하위 50퍼센트(35억 명)가 가진 부에 맞먹는다면서, 1998년에는 385명의 최고 부자들이 가장 가난한 30억 명이 가진 부의 크기만큼을 지배했다고 추정했다.

한편 게이츠의 아버지는 게이츠가 다른 사람들에게 혜택을 주는 재단을 설립하는 데 어려움을 겪었다고 언급했다.

"빌은 재단을 설립하는 것이 자신의 가장 소중한 재화인 시간을 침해하는 또 다른 경영상의 문제라고 생각했고, 그래서 재단 설립에 대해 단호하게 반대했다."

실제로 게이츠는 네이더에게 보낸 편지에서 자신의 현재 목표는 마이크로소프트가 성공하여 나중에 자선 활동에 더 많은 자금을 사용할 수 있도록 노력하는 것이라고 강조했다.

게이츠는 어머니에게 자선 활동은 좋은 일이지만 자신은 직원들에게 월급을 줘야 사업을 충분히 할 수 있다고 말했는데, 이 시장은 경쟁이 매우 치열했기 때문이었다. 마침내 게이츠는 마이크로소프트에 유나이티드 웨이 캠페인을 도입했다. 그의 아버지는 "결국 그에게는 자선 활동에 대한 본능이 있었다"라고 말했다.

재단에 관한 아이디어는 언제 본격적으로 구체화되어 실현되었을까? 게이츠는 영화를 보기 위해 줄을 서서 기다리던 중 본인이 일상적으로 재단을 운영하지 않아도 될 것 같다는 생각이 떠올랐다고 했다. 그리고 그의 아버지가 자원하여 도움을 주기로 했다. 게이츠 시니어는 "아들이 재단을 시작할 때가 되었다고 결정했다"라고 말했다. 무엇이 그의 마음을 바꿨을까? "재단 운영을 책임질 수 있는 사람이 있을지도 모른다는 깨달음 때문이었던 것 같다."

재단이 지원하는 프로젝트의 20~25퍼센트는 어디에서든 생명은 동등한 가치를 지닌다는 신념 아래 미국에서 진행된다. 게이츠 부부는 게이츠 시니어와 함께 공동 이사장을 맡았으며, 버핏이 이사로 활동했다. 재단 소개 자료에 따르면, 재단에는 1,000명 이상의 직원이 근무하고 있으며 현재 400억 달러 이상의 신탁 계좌를 보유했다. 재단은 설립 이래

283억 달러의 보조금을 지급했으며 100개 이상의 국가, 미국의 모든 주, 워싱턴 DC에서 활동하고 있다(빌 앤드 멀린다 게이츠 재단 홈페이지에 따르면 2022년 말 기준 재단 직원은 1,818명으로 141개국에 자금을 지원했으며, 재단 창설 이후 총 714억 달러를 다양한 지원 사업에 사용했다).

게이츠는 마이크로소프트 초창기 시절에 그랬듯 로비스트의 도움 없이도 비즈니스 거래에서 협상할 수 있었고, 재단에서 그와 그의 아내는 리더이자 정책 입안자로서 중요한 역할을 수행하며 사업에 대한 인지도를 높이기 위한 연설을 많이 했다.

재단이 최대 규모로 기부를 약속한 대상으로는 아동 예방 접종을 위한 세계 백신 면역 연합GAVI, 미국의 게이츠 밀레니엄 장학생 프로그램, 말라리아 백신 연구, 전 세계 소아마비 퇴치를 위한 국제 로터리의 폴리오플러스PolioPlus 이니셔티브 등이 있다. 게이츠는 결과 지향적인 사람으로, 소아마비 퇴치에 노력한 결과 2014년 1월 당시 소아마비 발병 국가는 3개국에 불과했으며 지난 35년 동안 전 세계 소아마비 발병률은 99퍼센트 감소했다.

게이츠 부부는 재단의 목표를 알리는 편지에서 몇 가지 목표에 집중할 것이라고 밝혔는데 사람들의 생명을 구하고 개인이 자신의 삶을 최대한 활용할 수 있도록 하는 분야에 가장 많은 노력을 기울일 것이라고 했다.

"우리의 친구이자 공동 이사인 버핏은 자선 활동에 대해 '안전한 프로젝트만 추구하지 말라. 정말 어려운 문제에 도전하라'는 훌륭한 조언을 해 준 적이 있다."

재단에
전념하기로 하다

— BILL GATES —

기부의 우선순위를 바꾸다

설립 초기에 재단은 미국 내 도서관 프로젝트와 가정 형편이 어려운 학생들에게 교육 기회를 제공하는 데 중점을 두었다. 훗날 빌 모이어스 Bill Moyers와의 인터뷰에서 게이츠는 미국 이외의 지역에서 진행되는 프로젝트에 중점을 두게 된 이유에 대해 이야기하면서, 많은 사람들이 예방 가능한 문제들로 인해 사망하고 있다는 증거를 보았을 뿐만 아니라 합리적인 접근 방식만 취한다면 수백만 명의 삶을 변화시키는 데 필요한 투자가 재단의 역량 범위 내에서 상당히 적은 재원으로도 이루어질 수 있을 것이라고 생각했기 때문이라고 설명했다. 그는 한 보고서를 읽다가 전 세계 사람들이 여전히 모기 매개 질병과 예방 접종 부족으로 사망하고 있으며, 이는 미국에서는 발생하지 않는 문제라는 사실을 알게 되었다.

"세계 개발 보고서World Development Report에 있는 한 보고서를 보면서 그럴 리가 없다고 생각했지만, 만약 이것이 사실이라면 기부의 우선순위가 되어야 한다고 생각했다. 그래서 나는 그 보고서를 멀린다에게 보여 주었다. 아버지에게도 그 보고서를 주면서 말했다. 함께 일하고 있는 사람들에게도 읽어 보라고 하시라고. 그리고 이런 일이 일종의 예외냐고 물었다. 만약 이게 사실이라면 관련 자료를 더 찾아 달라고 했다.

충격적이게도 정부가 아무것도 하지 않고 있다는 대답이 돌아왔다. 그래서 우리가 돕기 위해 나설 수 있었다. 그리고 우리가 가진 자원뿐 아니라 흥미와 관심, 지능을 자극해 이러한 문제를 살펴보고 모기가 질병을 옮기는 것을 막을 수 있는 기술이 있는지 생각해 볼 수 있었다. 냉장고 없이 백신을 배송할 수 있는 기술도 궁리했다. 나는 이러한 아이디어들을 고안해 수백만 명의 생명을 구했다."

게이츠 가족은 게이츠 앤드 멀린다 게이츠 재단을 통해 다른 사람들의 삶을 개선하는 데 재원을 투입하면 비교적 적은 비용으로 가장 효과적인 치료법을 제공할 수 있다는 사실을 금방 깨달았다. 게이츠 재단은 비용은 많이 들지만 구할 수 있는 생명의 수는 적은 희귀 질환에 집중하기보다는 매우 전략적인 접근 방식을 취했다. 게이츠는 세계에서 가장 많은 사망자를 발생시키는 질병이 무엇이고, 얼마나 많은 생명을 구할 수 있으며, 그리고 빌 앤 멀린다 게이츠 재단의 개입을 통해 의미 있는 개선이 이루어질 수 있는지에 대해 특유의 분석적인 사고로 통찰력을 제공했다.

2001년 킥부쉬Kickbusch는 "3년이라는 짧은 시간 동안 당신들이 세운 빌 앤드 멀린다 게이츠 재단은 선택한 분야(백신 개발 및 모자 보건)에서 세계 보건 발전을 지원했다. 세계 보건 기구WHO의 예산은 이에 비하면 턱없이 부족하다. 여러분은 이러한 헌신에 대해 칭찬을 받아야 마땅하다"라고 평가했다. 그녀는 자선 활동이 종종 의도하지 않은 결과에 부딪히는데, 여러 단체가 같은 대의를 위해 기금을 모금하려고 시도하다 보니 서로에게 방해가 되는 경우가 많다고 말했다. 그녀는 게이츠의 사업 능력에 호소하며 말했다.

"세계 보건의 다음 큰 도전은 다른 질병 대책이 아니다. 존 메이너드 케인스John Maynard Keynes는 유엔 창설을 도왔다. 빌, 한 걸음 더 나아가 21세기 글로벌 공중 보건에 적합한, 재정적으로 실행 가능한 네트워크 구조를 만드는 데 당신의 창의력, 자원, 영향력을 투자하시라."

게이츠 재단은 기부금의 액수가 아니라 가장 많은 생명을 구하고 가장 많은 개선을 이끌어 내는 데 초점을 맞추었다. 매년 전 세계 수백만 명이 감염되어 사망하는 말라리아 같은 질병의 경우, 게이츠가 적은 금액이라고 생각했던 지원금이 전 세계적으로 보면 매우 큰 금액이었고, 이 돈으로 많은 생명을 구할 수 있었다. 그리고 문제 해결을 위해 재단이 취하는 접근 방식을 고려할 때, 게이츠 자신은 생명을 구하는 일을 쉽게 할 수 있는데도 다른 사람들이 전 세계 수많은 사람들에게 영향을 미치는 대의를 채택하거나 옹호하지 않았다는 사실을 발견하고 충격을 받았다.

"여러분은 자선 활동에서 여러분이 내는 돈이 아주 미미할 것이라고 생각할 것이다. 정말로 중요한 일들은 이미 누군가가 했을 것이라고 생각하기 때문이다. 그래서 누군가가 당신에게 수백 달러로 많은 생명을 구할 수 있다고 말하면 여러분은 '노'라고 대답한다. 그런 일은 이미 이루어졌을 것이라면서."

그는 하버드에서 명예박사 학위를 받을 때처럼 인생에서 중요한 날에 한 연설에서 재단의 사명과 모든 삶이 얼마나 가치 있는지에 대해 이야기하고, 가장 중요한 발전과 최고의 성과는 전 세계의 불평등을 줄이는 것이라고 강조했다.

"인류의 가장 위대한 발전은 발견에 있는 게 아니라 그 발견을 불평등을 줄이기 위해 어떻게 적용하는가에 있다. 민주주의, 강력한 공교육, 양질의 의료 서비스, 폭넓은 경제적 기회를 통해 불평등을 줄이는 것이야말로 인류가 이룬 최고의 업적이다.

모든 생명이 동등한 가치를 지닌다고 믿는다면, 어떤 생명은 구할 가치가 있는 반면 어떤 생명은 그렇지 않은 취급을 받는다는 사실이 역겨울 것이다. 우리는 스스로 이렇게 말했다. '그럴 리가 없다. 하지만 만약 사실이라면, 그것이 우리의 기부의 우선순위가 되어야 마땅하다.'"

게이츠 삶의 변곡점

게이츠는 2008년 스위스 다보스에서 열린 세계 경제 포럼에서 '창조적 자본주의'라는 주제로 강연을 했다. 이 강연은 나중에 책으로 출간되었는데, 게이츠와 버핏 등이 기고자로 참여했다.

"세상은 나아지고 있지만 충분히 빠르게 나아지지 않고 있으며, 모든 사람을 위해 나아지고 있지도 않다."

다보스에서의 행사는 게이츠에게 변곡점이 되었는데, 당시 그는 마이크로소프트에서 전임으로 근무하던 일자리를 그만두려던 참이었기 때문이다. 그는 2000년에 다소 마지못해 CEO 자리에서 물러났지만 이후로도 8년 동안 다양한 역할을 맡으며 자신이 공동 창업한 회사에 계속 관여했다. 게이츠는 마이크로소프트 창립 첫날부터 2008년까지 쉬지 않고 근무해 왔으며, 특히 이 회사의 창립 이후 첫 8년을 모두 경험한 유일한 인물이었다. 마이크로소프트의 첫 8년을 경험한 다른 사람은 앨런뿐이었는데, 그는 임박한 게이츠의 퇴사에 관해 이렇게 말했다.

"게이츠가 생각하는 것보다 더 큰 변화일 수 있다. 다른 사람들이 그날그날 당신의 결정에 의존하는 걸 멈추기 전에는 당신은 그 변화가 얼마나 극적인지 깨닫지 못할 수 있다."

마이크로소프트에서의 일상적인 역할을 끝낼 무렵, 게이츠는 앨런의 말을 인정하면서 마이크로소프트에서 나오는 것이 '적응'이 될 것이라고 말했다.

"그렇다, 적응해야 할 일이 있다. 어떤 의미에서 나는 33년 동안 같은 일을 해 왔다. 나는 적응할 것이다. 너무 흥미진진하고 복잡한 재단이 나에게 없었다면 힘들었을 것이다. 나는 해변에 가만히 앉아 있는 타입이 아니기 때문이다."

또한 그는 경쟁사의 도전이 계속되고 있는 상황에서 마이크로소프트에 계속 머물러서는 재단에 전념하기가 어렵다는 것을 인정했다. 사실 그는 인생의 마지막 날까지 일을 해야 하는데, 재단에 전념하는 것이 지난 33년 동안 소중하게 여겼던 것의 포기가 아니라 새롭고 재미있는 활동이라고 생각했다.

"당신이 '이런, 흥미로운 경쟁자가 있어서 못 떠나겠어'라고 말한다면 평생 그 일을 하다 죽어야 할 것이다. 나는 이런 일에 평생을 바치고 있는 과학자들을 만날 수 있다는 사실이 정말 좋다. 그래서 나는 결코 '어머니가 나에게 해야 한다고 말씀하신 일을 하기 위해 희생하고 있다'고 말하지 않는다. 물론 나는 어머니가 해야 한다고 말씀하신 일을 하고 있지만, 정말 재미있을 것 같아서 하고 있다."

게이츠는 자신이 많은 재산을 모았다는 것을 알고 있었고, 부자가 사망했을 때 막대한 재산이 여전히 남아 있다면 어떻게 해야 하는지에 대한 나름의 견해를 가지고 있었다. 그의 아버지 역시 같은 견해를 가지고 있었는데, 게이츠는 부를 축적한 사람이 생전에 또는 자선 재단을 통해 그 재산을 기부하지 않는다면 상속인에게 넘어가기 전에 상속세를 부과해야 한다고 굳게 믿었다.

물론 게이츠는 오랫동안 게이츠 재단을 통해 재산의 대부분을 다른 사람들의 삶을 개선하는 데 사용하기로 약속했다. 또한 게이츠는 자신의 성공이 본인의 성취뿐만 아니라 자신에게 제공된 교육 시스템, 그리고 회사를 설립할 수 있는 권리와 자유가 보장된 안정적인 국가 등 정부의 개입으로 인한 혜택에 기반하고 있음을 인정했다.

"내 경우는 분명하다. 나는 교육 시스템과 안정적이고 인센티브가 보장된 시스템의 수혜자로서 똑똑한 사람들을 고용하고 제품을 개발할 수 있었다. 내가 열아홉 살이라는 사실은 중요하지 않았다. 좋은 소프트웨어만 있으면 누군가가 내게서 그것을 살 수 있었으니까."

게이츠가 참여한 프로젝트들

게이츠에게 물어보자. 그가 다시 10대로 돌아간다면 그는 생물학 해킹을 하고 있을 것이다.

"DNA 합성을 통해 인공 생명체를 만드는 것이다. 이는 일종의 기계언어 프로그래밍에 해당한다."

빌 앤드 멀린다 게이츠 재단에서 일하면서 질병과 면역학에 대해 가르치길 좋아하는 전문가가 된 게이츠는 이렇게 말했다.

"세상을 크게 바꾸고 싶다면 생물학적 분자부터 시작해야 한다. 이 모든 문제는 PC 산업을 이끌었던 열광적인 광신과 젊은 천재성, 순진함을 필요로 하는 매우 심오한 문제이며, 인간의 조건에 똑같은 영향을 미칠 수 있다."

게이츠는 기부를 이끌어 내는 자선 활동이 부유한 나라에 널리 퍼져 있다는 사실을 금세 알아차렸다. 치료하기 쉬운 질병이 만연한 가난한 나라에 사는 사람들은 예방 가능한 질병으로 인해 엄청난 고통과 죽음에 직면하고 있었다. 그에 비해 대머리 같은 경우는 의학적으로 아주 경미한 질환이었다.

"이는 가난한 나라에서만 질병이 발생하기 때문에 투자가 많지 않다는 역설로 이어진다. 예를 들어, 말라리아에 투입되는 것보다 대머리 관련 약에 투입되는 돈이 더 많다. 이제 대머리는 끔찍한 일이다(웃음). 그리고 부유한 사람들이 고통받고 있기 때문에 우선순위가 정해져 있다."

게이츠는 빌 앤드 멀린다 게이츠 재단에서 중요한 역할을 하는 유일한 가족 구성원은 아니었다. 그의 아내 멀린다는 재단이 해결하고자 하는 문제에 대한 선구자로서 해박한 지식으로 생식 보건과 같은 이니셔티브에 앞장섰다. 재단에 대한 그녀의 광범위한 영향력에도 불구하고 외부에서는 그녀의 역할에 대해 잘 알지 못한다.

"사람들은 빌이 모든 것을 하고 있다고 생각하는데, 그건 괜찮다. 그게 바로 현실이다. 하지만 내가 문제에 대해 이야기하고, 무엇이 진짜이며, 왜 우리가 이 일을 하는지에 대해 이야기하는 것을 들으면 사람들은 '아, 알겠어요. 이건 동업이로군요'라고 말한다."

2011년 게이츠는 자신의 막대한 재산과 버핏을 포함한 다른 사람들의 기부에도 불구하고 자신과 멀린다의 사망 이후 20년 이내에 재단을 종료할 것이라고 선언했다.

"우리 재단은 멀린다와 나의 삶을 넘어 오래 지속되지는 않을 것이다. 재단은 우리 중 누가 마지막으로 세상을 떠난 후 약 20년 동안만 존속할 것이다. 가업은 없을 것이며, 내 아이들은 각자의 분야에서 일할 것이다."

게이츠는 생명을 구하는 저비용 프로젝트 외에도 여러 단체와 협력하며 생명을 구하기 위해 창의적인 사고가 필요한 다른 프로젝트에도 참여했다. 그중 하나가 2014년 국립 과학원 창립 150주년 기념 행사에서 최고의 전문가와 노벨상 수상자 등에게 제안했던 '화장실 재발명 챌린지'였다. 이들의 전문 지식은 부유한 지역에서는 거의 고려되지 않는 문제를 해결할 수 있는 새로운 아이디어를 도출하는 데 도움이 될 것이었다. 오늘날 세계 인구의 40퍼센트는 여전히 우리가 익히 알고 있는 화장실을 이용할 수 없으며, 상하수도 서비스 등 인프라를 이용할 수 없거나 이용하려면 많은 비용을 지불해야 한다. 그 결과 매년 150만 명의 어린이가 오염된 물 공급으로 사망하고 있다.

게이츠는 제1회 화장실 재창조 챌린지에서 대학생으로 구성된 세 팀에게 상을 수여했다고 말하면서 "화장실 디자인으로 상을 주는 게 정말 즐거웠다는 것은 저에 대해 뭔가 말해 주는 것 같다"라고 농담을 하기도 했다.

재단의 활동에 대한 비판

인터넷에서 빌 앤드 멀린다 게이츠 재단의 지원으로 만들어진 백신이 인구를 줄이거나 어린이에게 큰 피해를 입히기 위한 것이라고 주장하는 사이트를 쉽게 찾을 수 있다. 다행히도 이러한 사이트의 내용은 사실이 아니지만, 백신과 자폐증 같은 질병 사이에 연관성이 있다는 믿음으로 인해 많은 어린이들이 일반 예방 접종을 받지 못하고 있다. 게이츠는 CNN의 산제이 굽타 박사Dr. Sanjay Gupta와의 인터뷰에서 이와 관련한 신뢰할 수 없는 연구에 대해 이야기했다.

산제이 굽타 : 최근 백신, 특히 아동용 백신에 대한 검토가 많이 이루어지고 있습니다. 예를 들어 자폐증과의 연관성에 대한 뉴스가 많이 나왔습니다. 이 모든 것에 대해 어떻게 생각하시나요? 앤드류 웨이크필드Andrew Wakefield 박사는 1998년 랜싯Lancet에 이와 관련된 논문을 발표하면서 연관성이 있다고 생각한다고 말했습니다. 그리고 그 결과 영국과 미국에서 일정 기간 동안 백신 접종률이 낮아졌습니다. 어떻게 생각하시나요?

빌 게이츠 : 웨이크필드 박사는 완전히 사기성 데이터를 사용한 것으로 드러났습니다. 그는 일부 소송과 관련해 금전적 이해관계가 있었고, 가짜 논문을 만들었으며, 저널은 이를 허용했습니다. 다른 모든 연구는

일관되게 아무런 연관성이 없는 것으로 나타났습니다. 따라서 그것은 수천 명의 아이들을 죽인 완전한 거짓말입니다. 그 거짓말을 들은 많은 어머니들이 백일해 백신이나 홍역 백신을 접종하지 않았고, 그 아이들이 오늘날 죽어 가고 있습니다. 백신에 반대하는 활동을 하는 사람들은 아이들을 죽이고 있습니다. 백신은 매우 중요하기 때문에 매우 슬픈 일입니다.

해당 연구자가 백신과 질병 사이의 연관성을 주장한 논문은 출판사에 의해 실제로 철회되었다. 조사 결과 백신 제조업체를 고소하려는 부모로부터 연구비를 지급받았고, 윤리적 허가 없이 의학 실험을 수행했으며, 영리를 목적으로 다른 백신(그가 부정적으로 쓴 백신이 시장에서 퇴출될 경우 사용될 백신)에 대한 특허를 받은 것으로 밝혀졌다.

교육 분야에서 게이츠 재단은 대학 진학을 원하는 소수계 학생들을 위한 게이츠 밀레니엄 장학 기금으로 인해 비판을 받았는데, 이 기금은 소수 인종 배경을 가진 학생들이 대학에 진학할 가능성이 훨씬 낮다는 그의 인식에서 출발했다. 비판은 초중고 교육과 관련해 게이츠 재단이 미국의 공통 핵심 교육 표준Common Core Educational Standards 개발 비용을 부담하는 것, 즉 정부 대신 재단이 무엇을 가르쳐야 하는지에 대한 아이디어를 만드는 것에 집중됐다.

또한 재단은 소규모 학교를 지원하기 위해 보조금을 지급하기 전에 통계를 정확하게 분석하지 않았고, 그 결과 원하는 효과를 보지 못했다. 비판의 대상이 된 교육 관련 세 번째 사업은 부분적으로 학생들의 교육 성취도에 따라 교사 순위를 매기는 민간 부문의 도구를 사용하여 어떤 교사가 더 높은 보상을 받고 어떤 교사를 해임해야 하는지를 결정하는 것이었다.

재단의 규모와 활동 범위로 인해 행동이 변화하는 것에 대한 비판을 두고 게이츠는 논란은 문제 해결의 일부라고 인정했다. 특히 교육 기관과 관련하여 그는 차터 스쿨^{charter school●}이 자신이 제안하는 이론의 성공 또는 실패를 실험하는 한 가지 방법이며, 교육 분야에서 정부가 가장 큰 행위자라고 말했다.

"어떤 분야에 뛰어들면 관점을 갖게 되고, 논란이 생기는 것은 그에 관한 하나의 징후이다. 다행히도 새로운 것을 시도할 수 있는 차터 스쿨이라는 형식이 있다. 이 시스템은 효과가 없는 것은 폐지하고 효과가 있는 것은 복제하는 데 능숙하다. 가장 큰 행위자는 정부이다. 누군가가 너무 크다고 말하면서 우리를 지목한다면 이상할 것이다."

● 정부의 자금 지원을 받지만 독립적으로 운영되는 학교. 정부의 지원 없이 독립적으로 운영되는 사립 학교와 구분된다.

게이츠 부부의 연례 서한과 기부 서약

2014년 게이츠 부부는 재단을 대표하여 연례 서한을 발표했는데, 이는 버크셔 해서웨이 주주들에게 연례 서한을 발행하는 친구 버핏에게서 배운 관행이었다. 이 문서에서 그는 완전히 새로운 예측을 내놓았다.

"나는 이 문제에 대해 충분히 낙관적이어서 기꺼이 예측을 할 수 있다. 2035년이 되면 전 세계에 가난한 나라는 거의 남지 않을 것이다. 거의 모든 국가가 현재 우리가 중산층 또는 부유층이라고 부르는 국가가 될 것이다."

게이츠 부부는 빈곤 및 질병과의 싸움에서 성공을 제약하는 세 가지 신화를 반박하기 위해 의식적으로 노력했으며, 모든 수준의 토론에서 공유할 수 있는 데이터도 제시했다.

오해 1: 가난한 나라는 계속 가난할 운명이다.
오해 2: 원조는 낭비이다.
오해 3: 생명을 구하면 인구 과잉으로 이어진다.

게이츠는 세계적인 부의 증가를 보여 주는 데이터를 통해 처음 두 가지 오해를 설득력 있게 반박하고, 원조가 낭비라고 생각하는 사람들에게는 게이츠 재단에서 쌓은 결과 중심의 경험을 통해 남용 사례는 드물고 약속된 대부분의 원조가 실제로 잘 이루어지고 있음을 강조했다. 멀린다는 생명을 구하는 것이 인구 과잉으로 이어진다는 주장을 반박하는 데이터를 통해 유아 사망률이 감소할수록 가정에서 자녀를 적게 낳는다는 증거를 제시했다.

　막대한 재산을 축적하게 되면 그 재산을 소유한 사람은 여러 선택의 기로에 서게 마련이다. 세금 관련 법령만 준수한다면 개인이 소유할 수 있는 재산의 최대 한도를 제한하는 정부 규정은 없다. 부유한 사람은 재산을 유지하면서 미래 세대의 가족이나 지인에게 물려주거나, 주요 사업에 자금을 지원하거나, 재산의 일부 또는 전부를 자선 활동에 사용하는 등 다양한 선택지가 있다.

　2010년 게이츠 부부는 버핏과 함께 미국 최고 부호들에게 재산의 절반 이상을 자선 사업에 기부할 것을 촉구했다.

　"우리는 예상을 뛰어넘는 행운의 축복을 받았으며, 이에 깊이 감사하고 있다. 하지만 이 선물이 큰 만큼 잘 사용해야 한다는 막중한 책임감도 느낀다. 그렇기 때문에 기부 서약에 명시적으로 참여하게 된 것을 매우 기쁘게 생각한다."

　마이크로소프트와 다양한 사업을 통해 축적한 막대한 재산 덕분에 게이츠 가족은 그 재산의 일부만으로도 가족 개개인의 필요를 충족할 수 있다는 것을 알고 있었다. 그리고 게이츠 가족과 버핏은 자선 활동이나 자선 단체에 관심을 가진 다른 억만장자들과 대화할 수 있는 능력을 가진 매우 영향력 있는 사람들이었다. 소비자 권익 운동가인 네이더는 1998년에 이 두 사람의 영향력을 깨달았지만, 당시에는 게이츠와 마이크로소프트에 다소 적대적이었다. 게이츠와 버핏이 맺은 인연에서 기부 서약이라는 아이디어가 시작되었다.

기부 서약은 억만장자가 자선 활동이나 자선 단체에 자금을 사용하도록 요구하는 어떤 형태의 계약은 아니고, 서약 자체는 단순히 재산의 절반 이상을 생전에(또는 사망 시 유언에 따라) 자선 단체를 지원하는 데 사용하겠다는 공개적인 선언일 뿐이다.

이 서약은 원래 미국 억만장자 혹은 재산과 과거에 기부한 금액을 합쳐 10억 달러를 초과하는 사람들을 대상으로 시작되었다. 미국 시민 중 소수에 불과하지만, 이들 개인과 가족은 다른 사람들의 삶을 개선하는 데 강력한 변화를 가져올 수 있는 잠재적 자원을 가지고 있으며, 미국에서 가장 부유한 사람들의 이러한 공개적인 약속을 통해 더 많은 사람들이 지금뿐만 아니라 앞으로 여러 세대에 걸쳐 자선 활동과 자선 단체에 참여하도록 장려할 것이라는 기대가 있었다.

2015년 9월, UN을 방문해 반기문 전 UN 사무총장과 만난 게이츠 부부.

특히 주목할 점은 기부 서약이 빌 앤드 멀린다 게이츠 재단이나 다른 자선 단체, 재단 또는 조직과는 완전히 별개라는 것이다. 서약을 하는 개인 또는 가족 구성원은 자신의 서약이 세상을 개선하는 데 어떻게 사용될지에 대한 완전한 통제권을 가지며, 게이츠 가족은 빌 앤드 멀린다 게이츠 재단에 대한 기부를 요구하지 않았다(기부를 제안할 수는 있지만). 서약자의 유일한 요구 사항은 재산의 대부분을 다른 많은 사람들의 삶을 개선하는 데 할당하는 것이다.

각 서약자는 기부 서약에 참여하게 된 이유를 설명하는 성명서를 발표하고, 이들은 매년 모여 아이디어를 공유한다. 또한 버핏과 게이츠 가문은 국제적인 자선가들과 만나 글로벌 관점에 대해 배우고, 버진 그룹의 리처드 브랜슨Richard Branson과 같이 미국에 거주하지 않는 일부 서약자들과 함께 효과적인 방법에 대한 아이디어를 공유하기도 했다.

기부 서약에 대한 편지에서 게이츠 부부는 자신들이 받은 행운과 기부 서약에 참여하게 된 이유에 대해 이야기했다. 이전의 많은 자선가들과 마찬가지로 게이츠 부부도 개인적인 자선 활동에서 여러 가지 목표를 가지고 있었다. 그중 하나는 카네기, 록펠러, 밴더빌트Vanderbilt 등 다른 거물급 기업가들도 자선 활동을 펼쳤던 미국 내 교육 분야였다.

"우리는 오래된 장벽을 허물고 모든 아이들이 대학 공부와 인생에 대비할 수 있도록 준비시키는 학교를 방문했다. 이 학교들은 훌륭하지만 충분하지가 않다. 이제 우리의 과제는 모든 학생이 대학과 인생에서 성공할 수 있는 동등한 기회를 갖도록 하는 것이다."

게이츠가 대학 및 고등 교육에 초점을 맞춘 것은 주목할 만한 일이다. 매우 똑똑하고 추진력 있는 대학 중퇴자(졸업하기 위해 대학으로 돌아가지 않은 사람)가 현실의 노동자들에게 이러한 경험의 가치를 강조한 것이기 때문이다. 게이츠 가족은 전체 교육 시스템과 STEM 분야(과학, 기술, 공학, 수학)의 교육 개혁을 적극적으로 추구했다. 혁신을 지속하기 위해서는 STEM 분야의 졸업생이 필요하며, 이는 게이츠가 과거에 자주 말한 주제이기도 하다.

게이츠가 한 서약의 두 번째 주요 목표는 글로벌 공중 보건, 특히 예방 가능한 질병에 관한 것이었다. 게이츠는 로타바이러스라는 예방 가능한 질병으로 인해 매년 전 세계 50만 명의 어린이가 사망하고 있다는 기사를 읽고 이 통계를 더 이상 묵과할 수 없다고 생각했다. 예방 가능한 사망을 막는 것뿐만 아니라 적절한 보건과 교육을 통해 전 세계 어린이들이 성인이 되어 각자의 목표를 달성할 수 있는 기회를 가질 수 있도록 돕는 것이 목표였다.

2014년 연초에 기부 서약을 통해 공개적으로 기부를 약속한 억만장자 개인 또는 가족은 115명이었으며, 여기에는 익숙한 이름도 포함되었다.

폴 G. 앨런 – 마이크로소프트 공동 창업자

새라 블레이클리 – 스팬엑스(Spanx) 설립자

아서 M. 블랭크 – 홈디포(Home Depot) 공동 창립자이자 애틀랜타 팰
컨스(Atlanta Falcons) 구단주

조앤 리처드 브랜슨 – 버진 그룹 설립자

워렌 버핏 – 버크셔 해서웨이 회장 겸 CEO

진과 스티브 케이스 – 전 AOL CEO 겸 회장

래리 엘리슨 – 오라클 CEO

리드 호프만과 패티 퀸란 – 링크드인 설립자

칼 아이칸 – 투자자 겸 사업가

조지 루카스 – 〈스타워즈〉, 〈인디아나 존스〉 시리즈의 프로듀서/감독

더스틴 모스코비츠와 캐리 튜나 – 페이스북 공동 창립자

일론 머스크 – 테슬라 모터스 및 스페이스X CEO

제프 스콜 – 이베이(eBay) 초대 사장

테드 터너 – WTBS, CNN 설립자, 애틀랜타 브레이브스 구단주

마크 저커버그 – 페이스북 공동 창립자 겸 CEO

게이츠 가족은 빌 앤드 멀린다 게이츠 재단과 기부 서약을 통해 사회
에 도움이 되는 해결책을 도출하기 위해 노력하는 모습을 보여 주었다.

빌 앤드 멀린다 게이츠 재단은 부부가 사망한 직후 소멸될 것으로 예상되지만, 기부 서약은 미래의 억만장자들이 기부자의 소망에 가장 부합하는 프로젝트와 불우한 사람들을 위해 동일한 약속을 할 수 있도록 고안되었다.

이러한 프로그램은 모두 자발적으로 참여하지만, 기부자들은 카네기가 미국에 존재하는 도서관의 거의 절반에 해당하는 도서관을 건립하는 데 자금을 지원했던 100년 전의 부자들처럼 변화를 만들어 가고 있다. 게이츠 가족의 경우, 교육 기회를 증진하거나 가장 적은 비용으로 생명을 구할 수 있는 기회를 혁신적으로 제공하는 등 전 세계 사람들의 삶을 개선하는 데 그들의 부를 바치고 있다.

억만장자가
세상을 사랑하는 법

BILL GATES

조급한 낙관주의자

게이츠는 2020년 3월 13일 마이크로소프트에서 맡고 있던 이사 자리에서 물러났다. 2014년 이사회 의장에서 물러나면서 새로 맡았던 기술 고문에서 물러남으로써 마이크로소프트에서 완전히 은퇴한 것이다. 같은 시기 투자 회사 버크셔 해서웨이 이사에서도 물러났다.

그렇다고 게이츠의 삶이 크게 바뀐 건 아니었다. 그는 빌 앤드 멀린다 게이츠 재단을 중심으로 한 자선 활동과 다방면에 걸친 투자에 전념하고 있었기 때문이다. 저개발 국가의 보건 의료 환경 개선과 발전, 더 많은 교육 기회 제공, 기후 위기 대응 등이 그의 주요 관심사였다.

게이츠는 세계 각국을 돌며 정상급 인사들과 만나 의견을 나누고 조언을 한다. 세계 경제 포럼, 유엔 기후 변화 협약 당사국 총회 등 세계 정부 고위급 인사들이 모이는 국제회의에도 빠지지 않고 초청된다. 선거에 당선되거나 국가 또는 국제기구로부터 공직에 임명되지 않았음에도 막강한 공적 영향력을 보유하고 있다.

게이츠가 보유한 영향력은 물론 그의 막대한 재산에서 출발한다. 빌앤드 멀린다 게이츠 재단은 세계에서 가장 큰 재원을 보유한 자선 단체이다. 하지만 게이츠의 자선 활동은 단순히 많은 돈을 공익 활동에 쏟아붓는 것에 그치지 않는다. 그는 인류가 직면한 다양한 문제의 원인을 찾고 대안을 실현하기 위해 직접 연구하고 행동한다. 마이크로소프트를 경영할 때 항상 혁신을 최우선에 두었던 것과 마찬가지로 그는 자선 활동과 공익을 위한 활동에서도 언제나 혁신적인 아이디어를 찾는다.

공교롭게도 게이츠의 은퇴 발표 시점은 신종 바이러스인 코로나19가 본격적인 위용을 떨치기 시작한 시기와 겹친다. 2019년 12월 중국 우한에서 처음 발견된 코로나19 바이러스는 급속도로 전 세계에 퍼졌다. 세계 보건 기구는 2020년 3월 11일 이 바이러스가 세계적인 대유행 단계에 접어들었다면서 팬데믹을 선언했다. 며칠 뒤 미국 정부는 국가 비상사태를 선언했다.

전 세계를 강타한 코로나19는 게이츠의 이름을 대중에게 새롭게 각인시켰다. 치명적인 신종 바이러스와 세계적으로 손꼽히는 억만장자 사이엔 어떤 연결 고리가 있었을까?

빌 앤드 멀린다 게이츠 재단은 일찌감치 백신 개발과 보급을 위한 민간 기구 세계 백신 면역 연합GAVI, 감염병 혁신 연합CEPI 등의 결성을 주도하고 지원해 왔다. 특히 코로나19가 창궐하기 훨씬 전부터 게이츠는 신종 바이러스가 엄청난 재앙을 불러올 수 있다면서 대비를 촉구해 왔다.

"내가 꼬마였을 때 우리가 가장 걱정했던 재난은 핵전쟁이었다. 그래서 우리 집 지하실에 음식 통조림과 물을 가득 채운 원기둥 모양의 통이 있었다. 핵 공격을 당하면 아래층으로 대피한 다음 통 안에 보관된 것을 꺼내 먹으려는 것이었다.

오늘날 세계적인 재앙의 최대 위험은 이런 모습이 아니다. 앞으로 몇십 년 사이에 무언가가 1000만 명이 넘는 사람들을 죽인다면 그것은 아마도 전쟁이 아니라 전염성이 매우 강한 바이러스일 것이다. 미사일이 아니라 미생물일 것이다. 그 이유 중의 하나는 우리가 핵을 억제하기 위해 막대한 투자를 했다는 것이다. 반면 우리는 전염병을 멈추기 위한 시스템에는 아주 적은 투자를 했다. 우리는 다음 전염병에 대비되지 않았다."

게이츠는 WHO의 코로나19 팬데믹 선언이 나오기 5년 전인 2015년 대중 강연에서 신종 전염병의 위험성을 핵전쟁에 비유하면서 대비를 촉구했다. 실제로 WHO에 따르면 2019년 12월 최초 발병자가 나온 이후 2024년 1월까지 세계적으로 7억 7447만 명이 코로나19에 감염됐고, 700여만 명이 사망했다. 특히 미국은 세계에서 가장 많은 120만 명이 코로나19로 목숨을 잃었다.

코로나19가 터지자 게이츠는 보건 의료에 관해 전문적으로 배운 의료인이 아님에도 언론 매체에 빈번하게 인용되거나 인터뷰하는 인물 중 한 명이 되었다. 게이츠는 미국의 코로나19 방역 대책에 깊숙이 관여한 앤서니 파우치 국립 알레르기·전염병 연구소^{NIAID} 소장과도 긴밀하게 소통한 것으로 알려졌다. 게이츠는 2023년 3월 《뉴욕 타임스》에 기고한 글에서 "우리가 다시 같은 실수를 저지르고 있다는 것이 걱정스럽다"라면서 새로운 전염병에 대비하기 위해 개별 국가뿐 아니라 초국가적 대비가 필요하다고 역설했다.

게이츠가 살아온 길에 성공과 찬사만 있었던 건 아니었듯, 백신 관련 활동에 대해서도 비판이 나왔다. 게이츠는 선진국이 개발한 코로나19 백신에 대한 지적 재산권을 공공의 소유로 넘기거나 한동안 유예하자는 아이디어에 반대했다. 일부 코로나19 백신의 지적 재산권 유예 아이디어는 선진국들이 앞다퉈 백신을 선점하는 바람에 가난한 나라들이 백신을 공급받으려면 몇 년을 기다려야 하는 상황에서 나왔다. 생산 기술을 공개함으로써 백신 제조 물량을 대폭 확대하자는 것이었다. 가난한 나라 사람들이 신속하게 백신을 접종할수록 코로나19 바이러스 변이가 나타날 가능성이 낮아지므로 선진국도 더욱 안전해진다.

처음에 반대하던 미국 정부도 일부 백신 지적 재산권 유예에 동의했지만 게이츠는 끝까지 반대했다. 그렇게 하면 백신 품질이 보장되지 않아 부작용이 생길 수 있다는 이유에서였다. 이를 두고 가난한 나라 사람들이 억울하게 죽는 일이 없어야 한다고 주장하는 게이츠가 실제로는 가난한 나라 사람들이 빨리 백신을 접종할 수 있는 길을 막고 있다면서 "역겹다"는 비판이 나왔다.

게이츠는 자신이 펼치는 활동 가운데 가장 중요한 것을 딱 하나만 꼽으라면 가난한 나라의 불평등 문제라고 말한다. 게이츠가 보기에 기후 위기는 전 지구적인 문제이기도 하지만 불평등 문제와도 연결돼 있다. 가난한 나라는 부유한 선진국에 비해 지구 온난화를 일으키는 탄소를 덜 배출했음에도 불구하고 기후 위기로부터 더 큰 타격을 입기 때문이다.

게이츠는 불평등과 기후 위기 등 인류가 풀어 가야 할 문제들에 대한 자신의 태도를 '조급한 낙관주의impatient optimism'라는 말로 설명한다. 그는 과학과 기술, 의술 등의 발전으로 인류의 삶은 전반적으로 개선되었으며 앞으로도 인류 복지는 향상될 것이라고 믿는다. 실제로 인류의 기대 수명은 100년 전과 비교하면 두 배 이상 늘었으며, 5세 이하 영아 사망률은 그가 자선 활동에 본격적으로 뛰어들었던 시절에 비해 절반으로 줄었다. 하지만 낙관주의자 게이츠가 보기에 세상은 나아지는 속도가 충분히 빠르지 않고, 기술 발전의 혜택이 인류에게 골고루 돌아가지도 않는다. 이런 문제들을 하루빨리 개선해야 한다고 믿기 때문에 조급하다는 것이다.

지구 온난화와 기후 위기 대처법 역시 같은 맥락이다. 게이츠는 석탄, 석유, 가스 등 탄소를 많이 배출하는 화석 연료에서 전기 에너지로의 전환을 촉구하는 데 그치지 않고 직접 행동에 나섰다. 그는 탄소를 배출하지 않으면서도 충분한 전기 에너지를 확보하려면 원자력 발전이 가장 현실적인 대안이라고 주장한다. 태양광, 풍력, 수력 등 재생 에너지만으로는 화석 연료를 완전히 대체할 수 있는 에너지를 충분하고 완전하게 확보할 수 없다는 이유에서다. 그는 2006년 차세대 원자로를 개발하는 '테라파워TerraPower'를 설립했고, 2016년에는 지속 가능한 에너지 기술 개발을 지원하기 위해 투자 회사 '브레이크스루 에너지Breakthrough Energy'를 설립했다.

테라파워는 미국 와이오밍주 캠머러에서 신기술을 적용한 원자력 발전소 건립 작업에 착수한 상태다. 게이츠는 방사능 유출로 인한 오염이나 사용 후 핵연료 등 원자력 발전에 따르는 각종 위험이나 문제점이 있긴 하지만 기술 발전으로 얼마든지 대처할 수 있다고 주장한다.

인공 지능 시대에 열광하는 게이츠

2022년 말 오픈^{Open}AI가 대화형 인공 지능 서비스 '챗^{Chat}GPT'를 공개했다. 사용자가 던지는 질문의 맥락을 파악해 자연스럽게 대답하고, 전문적인 지식을 깔끔하게 정리해서 알려 주는 챗GPT에 사람들은 열광했다. 오픈AI에 선수를 뺏긴 구글과 마이크로소프트 등도 서둘러 자체 개발한 대화형 인공 지능 서비스를 내놓았다. 간단한 명령어만 입력하면 그림이나 음악을 만들어 주는 인공 지능 서비스도 쏟아져 나왔다.

게이츠도 본격적인 인공 지능 시대의 개막을 열렬히 환영했다. 그는 인공 지능이 휴대폰이나 인터넷만큼 혁신적이며, 자신이 중요 행위자로 참여한 컴퓨팅 혁명에 버금가는 일이 벌어질 것이라고 주장했다. 게이츠가 2023년 3월 발표한 글을 보면 인공 지능에 얼마나 큰 기대를 걸고 있는지 알 수 있다.

"나는 PC 혁명과 인터넷 혁명에 참여하는 행운을 누렸다. 나는 이 순간 역시 너무 흥분된다. 이 새로운 기술은 어디에서든 사람들이 그들의 삶을 개선하는 것을 도울 수 있다. 동시에 세계는 인공 지능의 혜택이 단점을 훨씬 상쇄하고, 어디에 살든 얼마나 많은 돈이 있든 누구나 그

혜택을 누릴 수 있도록 도로의 규칙을 제정할 필요가 있다. AI 시대는 기회와 책임으로 가득 차 있다."

사실 게이츠는 일반인보다 훨씬 먼저 챗GPT에 관한 정보를 접하고, 개발에 간접적으로 참여할 수 있었다. 안전한 인공 지능 개발을 위해 비영리 단체로 출범한 오픈AI에 마이크로소프트가 거액을 투자했기 때문이었다.

게이츠는 챗GPT가 일반에 공개되기 전인 2022년 중반 오픈AI의 개발팀과 만나 그들이 개발 중인 인공 지능이 고급[AP] 생물학 시험을 통과할 수 있도록 훈련시키라고 주문했다. 그는 오픈AI가 이 과제를 풀려면 2~3년은 걸릴 것으로 예상했는데 불과 몇 달 만에 완수해 깜짝 놀랐다고 말했다. 객관식 60문항 중 59문항을 맞췄고, 주관식 문항에도 아주 훌륭한 정답을 내놓았다는 것이다.

마이크로프로세서, 개인용 컴퓨터, 인터넷, 휴대폰 등 기술과 기기의 발전이 사람들이 일하고, 배우고, 여행하고, 의사소통하는 방식을 바꾸었듯이 인공 지능은 개인과 사회와 산업에 엄청난 변화를 가져올 전망이다. 게이츠는 자신이 관심과 노력을 기울이고 있는 자선 활동에도 긍정적인 효과를 가져올 것으로 기대하고 있다. 저소득층 학생들의 학습을 돕고, 의료 인프라가 열악한 가난한 국가의 보건 의료 서비스를 향상하는 데 인공 지능이 활용될 수 있다는 것이다. 기후 위기를 해결할 방안을 찾는 데에도 활용될 수 있다. 게이츠는 앞으로 이런 일에 인공 지능을 어떻게 활용할 것인가를 탐구하는 것이 자신이 하는 일의 우선순위가 될 것이라고 말했다.

문제는 기술 발전의 혜택이 불평등하게 분배될 수 있다는 점이다. 인공 지능이 인간의 일자리를 빼앗고, 인간의 통제를 벗어나 인류의 생존을 위협할 수 있다는 두려움도 존재한다. 게이츠는 이런 우려에 공감을 나타내면서도 인공 지능이 가져올 혁명의 혜택을 키우고 위험을 줄이는 방향으로 나가야 한다고 주장한다. 그는 앞으로 인공 지능을 어떻게 발전시키고 통제할 것인가가 인류의 중요한 문제가 될 것이라면서 세 가지 원칙을 제시했다.

첫째, 인공 지능의 단점에 대한 두려움과 사람들의 삶을 개선해 줄 잠재력을 균형 있게 고려해야 한다.

둘째, 시장이 스스로 인공 지능의 생산성과 혜택을 가장 가난한 사람들에게 제공하려고 하지는 않을 것이다. 정부와 자선 단체는 인공 지능이 불평등을 줄이는 데 사용되도록 노력해야 한다.

셋째, 인공 지능 혁명은 시작에 불과하다. 인공 지능은 우리가 어떤 한계를 발견하기도 전에 그 한계를 뛰어넘을 것이다.

아직 끝나지 않은 이야기

게이츠의 이야기는 아직 끝나지 않았다. 마이크로 컴퓨팅 시대의 초창기부터 2000년까지 CEO로서 마이크로소프트를 이끌었던 그는 자신처럼 전문적인 기술을 갖추지 못한 일반 시민이 컴퓨터를 사용하는 방식을 바꾸었으며, 종종 자신이 개발한 제품을 더욱 단순하게 만들 것을 촉구했다. 2008년, 입사한 지 33년이 지났지만 아직 52세에 불과했던 그는 전 세계 생명을 구하는 의미 있는 시도에 자신의 재산을 투입했다. 또한 그는 버핏과 협력하여 100명이 넘는 다른 억만장자들도 재산의 절반 이상을 기부자가 선택한 자선 사업에 사용하기로 약속하도록 했다.

게이츠의 성공 뒤에 도전과 논란이 없었던 것은 아니었다. 그는 초기의 탁월한 프로그래머에서 컴퓨팅 혁명을 일으킬 직원들의 잠재력을 이해하는 기민한 사업가로 변신해 여러 잠재적 위험을 극복하는 데 재능을 발휘했다. 직원들의 삶은 녹록지 않았고, 게이츠는 결점이 있고 고집이 강해 때로는 조직에 해를 끼치기도 했다. 그는 마이크로소프트의 놀라운 성장기를 이끌며 소프트웨어 시장에서 정점에 도달할 수 있었지만, 회사가 실패할 수도 있다고 믿었다. 또 컴퓨터 프로그램에 대한 강력한 저작권을 일찍부터 옹호했으며, 시장이 어느 방향으로 흘러갈지 알기 전에 비슷한 프로젝트 여러 개를 동시에 진행하면서 시장이 승자를 뽑을 것이라는 사실을 이해했다.

윈도우 3.0이 출시되고 판매량이 OS/2를 빠르게 앞지르자 그는 운영체제의 길이 정해졌다는 것을 알았고, 마이크로소프트는 마이크로소프트 오피스와 같은 애플리케이션에 집중할 수 있게 되었다. 애플과 마찰을 빚기도 하고 심지어 소송을 당하기도 했지만, 잡스와의 관계는 존경과 우정의 관계로 발전해 나갔다. 마이크로소프트를 떠난 후에도 그는 다양한 사업적 관심사를 추구하여 자신의 참여 욕구를 해소하고 빌 앤드 멜린다 게이츠 재단을 통해 재산을 추가로 기부했다.

앞으로 수십 년 동안 게이츠는 마이크로소프트에서 나온 아이디어, 재단의 주요 혁신 또는 자신이 선택한 새로운 프로젝트를 통해 다시 우리 모두를 놀라게 할 방법을 찾을 것이다. 2014년 2월, 마이크로소프트에서 다시 한번 더 많은 시간을 보내며 새 CEO인 나델라를 조언하겠다고 발표한 것은 그가 1975년 열아홉 살 때 설립한 회사를 새롭게 만들어가는 시대로 접어들고 있음을 의미한다. 하지만 재단의 사업도 계속된다. 그는 자신이 다시 10대로 돌아간다면 아마도 전 세계의 문제를 해결하기 위해 '생물학 해킹'을 하고 있을 것이라고 말한 적이 있다. 언젠가 게이츠의 후배protégé가 이 일을 한다고 해도 놀라지 마시기를.

　모든 중요한 활동이나 사업에는 다른 사람들의 신뢰와 믿음이 있어야 한다. 내가 공식적이든 비공식적이든 교육을 받는 동안 미국뿐 아니라 전 세계 대다수가 상상조차 하지 못할 경험과 기술을 쌓을 수 있게 해 준 사람들을 만난 것은 큰 행운이었다. 중요한 사람을 빠뜨릴까 봐 나는 사람들을 만날 때마다 "감사합니다"라고 인사한다.

　나는 또한 독자들이 게이츠보다 적은 돈으로 우리 공동체와 전 세계의 다른 사람들의 삶을 개선하는 데 참여할 수 있음을 알기 바란다. 빌과 멜린다 게이츠는 그들의 재단을 대표하여 발표한 2014년 연례 편지에서 "만약 여러분이 몇 달러를 기부하고자 한다면, 보건과 개발 분야에서 일하는 단체들이 여러분의 돈에 대해 경이로운 수익을 제공한다는 것을 알아야 한다"라고 말했다.

만약 당신이 빌, 멀린다, 빌의 아버지처럼 다른 사람들의 삶을 크게 향상시키는 활동에 관심이 있다면 다른 사람들을 도울 수 있는 선택지는 수십 가지가 넘는다. 빌의 아버지와 나는 소아마비 종식을 위한 목표에 참여하는 로터리 클럽 회원이라는 유대감을 가지고 있으며, 국제 로터리는 모든 연령대가 참여할 수 있는 다양한 프로그램을 가지고 있다.

1955년 윌리엄 헨리 게이츠 3세가 10월 28일 윌리엄 헨리 게이츠 2세와 메리 맥스웰 게이츠 사이에서 태어나다. 어린 게이츠가 나중에 '빌 게이츠'로 유명해지자 그의 아버지는 '빌 게이츠 시니어'라는 이름을 사용한다(영어에서 빌Bill은 윌리엄William을 줄여서 부르는 이름이다).

1968년 게이츠가 사립 고등학교에서 컴퓨터를 처음 경험하다.

1972년 게이츠와 폴 앨런이 친구인 폴 길버트와 처음으로 트래프-오-데이터 기계 소프트웨어 개발을 추진하다.

1974년 앨런이 알테어 8800이 소개된 《포퓰러 일렉트로닉스》 1975년 1월호를 보다.

1975년 게이츠와 앨런이 뉴멕시코주 앨버커키로 이주하여 마이크로소프트를 설립하고, 알테어 8800을 위한 베이식 프로그래밍 언어를 처음 개발하다. 게이츠가 열아홉 살에 회사를 이끌기 위해 하버드대를 중퇴하다.

1976년 게이츠가 마이크로소프트의 지적 재산을 보호하기 위한 첫 번째 시도인 '애호가들에게 보내는 공개편지'를 작성하다.

1977년 마이크로소프트가 공식적으로 게이츠와 앨런의 동업 관계가 되어 게이츠가 회사의 64퍼센트를 소유하게 되다.

1978년 마이크로소프트가 알테어 8800 제조업체를 상대로 제기한 중재 심리에서 승소하여 여러 컴퓨터 제조업체에 베이식을 판매할 수 있게 되다.

1979년 마이크로소프트가 게이츠와 앨런의 고향인 워싱턴주(초기에는 시애틀 교외의 벨뷰)로 이전하다.

1980년 게이츠가 한 인터뷰에서 지적 재산 보호의 중요성을 강조하며 소프트웨어를 작성해서는 "아무도 부자가 될 수 없다"고 말하다. 훗날 2대 CEO가 되는 스티브 발머를 마이크로소프트에 영입하다.

1981년 MS-DOS의 첫 번째 버전이 새로운 IBM PC용 운영 체제로 출시되다. 이 프로그램의 핵심은 다른 회사에서 구입했다.

1983년 앨런이 게이츠와 발머의 대화를 엿듣고 마이크로소프트를 떠나다. 게이츠와 발머가 응용 프로그램 전략 메모를 통해 마이크로소프트가 PC뿐만 아니라 애플 매킨토시용 소프트웨어도 개발할 것이라고 밝히다.

1985년 게이츠가 가장 매력적인 신랑감 50인 중 한 명으로 선정되다. 마이크로 소프트가 IBM과 OS/2 운영 체제 개발 계약을 체결하고 윈도우 첫 번째 버전을 출시하다.

1986년 마이크로소프트가 상장 기업이 되고, 게이츠는 보유 주식으로 엄청난 부자가 되다.

1987년 게이츠가 나중에 결혼하게 될 멀린다 프렌치를 만나다.

1988년 애플이 제록스 파크에서 배운 그래픽 사용자 인터페이스를 사용했다는 이유로 마이크로소프트를 고소하다.

1989년 게이츠가 자신이 지분을 100퍼센트 소유하는 벤처 기업인 코비스를 마이크로소프트 밖에 설립하다.

1990년 윈도우 3.0이 출시되어 즉시 성공을 거두다.

1994년 게이츠가 멀린다 프렌치와 결혼하고, 그해 말 어머니가 세상을 떠나다. 대학이나 박물관이 아닌 개인이 소유한 유일한 레오나르도 다빈치의 메모인 《코덱스 레스터》를 구입하다.

1995년 게이츠가 인터넷이 1981년 IBM PC 출시 이후 가장 중요한 개념이라고 선언하는 '인터넷 해일' 메모를 작성하다. 마이크로소프트가 미국 법무부와 반경쟁적 행위와 관련된 화해 조서에 동의하다. 그해 말 인터넷 익스플로러 1.0과 함께 윈도우 95가 출시되다. 게이츠가 공동 집필한《미래로 가는 길》초판이 출간돼 베스트셀러가 되다.

1996년 게이츠가 공동 집필한 베스트셀러《미래로 가는 길》두 번째 판이 출간
　　　　되다. 멀린다와 함께 첫아이 제니퍼 캐서린을 맞이하고 첫 번째 주요 자
　　　　선 프로젝트를 시작하다.

1997년 게이츠와 스티브 잡스가 어려움을 겪고 있던 애플에 대한 마이크로소프
　　　　트의 투자를 발표하다. 미국 법무부가 1995년의 화해 조서를 위반했다
　　　　면서 마이크로소프트를 상대로 법정 모독 소송을 제기하다.

1998년 벨기에의 한 건물에 들어가던 게이츠가 파이 네 개를 얼굴에 맞다. 랄프
　　　　네이더가 게이츠와 워런 버핏에게 자선 목적으로 억만장자 회의를 소집
　　　　할 것을 제안하다. 마이크로소프트에 대한 반독점 재판이 시작되고, 게
　　　　이츠의 증언이 정부 소송의 중요한 요소로 작용하다.

1999년 게이츠가 두 번째로 공동 집필한 베스트셀러《빌게이츠 @ 생각의 속
　　　　도》가 출간되다. 미국 연방 지방 법원 토마스 펜필드 잭슨 판사가 마이
　　　　크로소프트를 독점으로 선언하다. 멀린다와 함께 둘째 아이 로리 존을
　　　　맞이하다.

2000년 발머가 마이크로소프트의 CEO가 되고 게이츠가 회장 겸 최고 소프트웨
　　　　어 설계자로 이동하다. 마이크로소프트 재판의 법적인 구제 방안으로
　　　　잭슨 판사가 회사 분할을 명령하다.

2001년 마이크로소프트의 항소심에서 잭슨 판사가 회사와 게이츠에 대해 한 발
　　　　언이 공개되어 잭슨 판사의 소송 기피로 이어지다.

2002년 미국 연방 지방 법원 콜린 칼라코텔리 판사가 회사 분할을 명령하지 않고 새로운 화해 조서를 승인하다. 빌과 멀린다 부부가 셋째 아이 피비 아델을 맞이하다.

2004년 게이츠가 친구 버핏이 운영하는 투자 회사인 버크셔 해서웨이의 이사로 선출되다.

2007년 게이츠가 하버드에서 졸업식 연설을 하다.

2008년 게이츠가 마이크로소프트의 상근직을 그만두고 빌 앤드 멀린다 게이츠 재단 업무에 집중하다.

2010년 재산의 절반 이상을 자선 목적에 기부하는 '기부 서약'이 네이더가 추천한 두 사람, 게이츠와 버핏에 의해 시작되다.

2011년 잡스 사망 직후, 대중이 지난 30년간 게이츠와 잡스의 관계에 대해 많은 것을 알게 되다.

2014년 게이츠가 마이크로소프트 이사회 의장직에서 사임하지만, 기술 고문으로서 새로 임명된 마이크로소프트의 3대 CEO 사티아 나델라를 조언하며 회사에서 더 많은 시간을 보낼 것이라고 발표하다.

2015년 게이츠가 TED 강연을 하면서 바이러스의 세계적인 유행에 대비해야 한다고 경고하다. 실제로 2020년 코로나19가 전 세계를 강타했고, 게이츠는 의료인이 아님에도 다양한 언론 매체와의 인터뷰 등을 통해 대처법에 관한 의견을 피력하다.

2017년 게이츠가 알츠하이머와 치매 치료법을 연구하는 벤처 기업에 거액을 투자하다.

2019년 미국의 인기 텔레비전 시트콤 〈빅뱅 이론〉에 게이츠가 카메오로 출연하다.

2020년 게이츠가 버크셔 해서웨이와 마이크로소프트에서 맡았던 직책에서 완전히 물러나다.

2021년 게이츠와 버핏이 세운 에너지 회사들이 와이오밍주에 최초의 나트륨 원자로를 건설할 것이라고 발표하다.

2023년 노던 애리조나 대학교가 게이츠에게 명예박사 학위를 수여하다.

옮긴이 **김재중**

고려대학교를 졸업하고 2001년부터 경향신문 기자로 일하고 있다. 지은 책으로 《숨은 권력, 미디어》, 《열두 살에 떠나는 미국 국립 공원 여행》(공저), 옮긴 책으로 《당신의 계급 사다리는 안전합니까?》(공역), 《빅데이터 인문학: 진격의 서막》, 《동아시아 부패의 기원》, 《누구를 뽑아야 하는가?》 등이 있다.

백윤정

고려대학교 대학원에서 정치학 박사 과정을 수료하고 대통령 직속 정부혁신지방분권위원회와 재단법인 광장 등에서 국가 재정, 복지 등에 관한 정책 연구를 수행했다. 영어권의 좋은 도서를 국내에 소개하고자 번역가의 길에 들어섰으며, 이 책 《빌 게이츠》를 번역했다.

롤 모델 시리즈

빌 게이츠(원제: BILL GATES)

1판 1쇄 발행 2025년 4월 15일

지은이 마이클 B. 비크래프트
옮긴이 김재중, 백윤정
발행인 주정관

출판 브랜드 움직이는서재
주소 서울특별시 영등포구 양산로91 리드원센터 1303호
전화 (02)332-5281 | **팩스** (02)332-5283
이메일 bookstory@naver.com
출판등록 제2015-000081호

ISBN 979-11-86592-59-5 03840

※ 책값은 뒤표지에 있습니다. 파본은 바꾸어 드립니다.